Владарг Дельсат

Милалика

Хроники Тридевятого

Copyright © 2024 by **Vladarg Delsat**

All rights reserved.

No part of this publication may be reproduced, distributed, or transmitted in any form or by any means, including photocopying, recording, or other electronic or mechanical methods, without the prior written permission of the publisher, except as permitted by copyright law.

The story, all names, characters, and incidents portrayed in this production are fictitious. No identification with actual persons (living or deceased), places, buildings, and products is intended or should be inferred.

Book Cover by **StudioGradient**

Edited by **Lyubov Pershakova**

Edited by **Elya Trofimova**

Copyright © 2024 by **Vladarg Delsat/Владарг Дельсат**

Все права защищены.

Никакая часть этой публикации не может быть воспроизведена, распространена или передана в любой форме и любыми средствами, включая фотокопирование, запись или другие электронные или механические методы, без предварительного письменного разрешения издателя, за исключением случаев, предусмотренных законом об авторском праве.

Сюжет, все имена, персонажи и происшествия, изображенные в этой постановке, являются вымышленными. Идентификация с реальными людьми (живыми или умершими), местами, зданиями и продуктами не подразумевается и не должна подразумеваться.

Художник **StudioGradient**

Редактор **Любовь Першакова**

Редактор **Эля Трофимова**

Глава первая

Зовут меня Миленой, вот такое имечко получила я от дорогих покойных родителей, значит. Девушка я красивая, отбоя от мужиков нет, благо вокруг меня их всегда довольно много. Я особистка, в военной контрразведке работаю, а в свободное время истории разные пишу. Очень мне нравится это занятие — писать не рапорты, а книжки, хотя работа, конечно, сказывается, в том числе и на историях. Несмотря на обязательный счастливый конец, героям в них отнюдь не весело. Особенно мне нравится, когда в герои моих историй попадают разные сослуживцы — от прапорщика из хозроты до «великого и могучего» Грома. Это позывной командира разведчиков по имени Серёжа. Как раньше говорили, «люб он мне», да только…

Иногда думается, что было бы, если бы и я попала?

Но, честно говоря, мне в героини историй попадать откровенно жалко. Себя жалко, а их чего жалеть? Они на бумаге, да и судьба у них такая — обычно очень непростая, с разными закидонами. Впрочем, сейчас речь не об историях разных, а о работе, на которую я как раз собираюсь.

Работа у меня интересная... Да кого я обманываю! Занудная у меня работа — бумажки перекладывать. Иногда в расследованиях участвовать, ну и всё. Спасибо разведчикам, хоть время от времени меня «в поле» вывозят, а то был бы совсем мрак. Так и захирела бы, как лютик от речи прапорщика из хозроты. А с Серёжей я куда угодно согласна, но даже мечтать не решаюсь. Эх...

Я сирота лет с пяти, по-моему. Отчего так вышло — не знаю, какая-то там история оказалась запутанная и очень тёмная, ну и времена такие были невесёлые. Само детство у меня прошло под знаком детского дома, в семью так и не взяли, будто и не видели меня. Я так старалась понравиться, а эти... опекуны смотрели, как будто сквозь меня, и всё. С самого детства и до сих пор мечта о маме стала самой главной моей мечтой, пожалуй, хотя я уже большая девочка, офицер.

Отчего-то мне сегодня грустно прямо с утра, что для меня необычно. Так-то я напоминаю себе, что я дама взрослая, с высшим военным образованием, между прочим, военюрист опять же — и всё получается. А сегодня отчего-то хочется к маме, которую я никогда не знала. Есть у меня в воспоминаниях о детстве странные моменты, не совпадающие с тем, что на самом деле происходило, но... Мало ли что было на самом деле?

Может быть, разведчиков куда-нибудь зашлют, и они меня прихватят? За возможность побыть рядом с Серёжей хоть чуть я много чего отдам. Не в объятиях, хотя за это я бы и душу продала, а просто рядом. Так, стоп, у меня сейчас истерика будет.

Тяжело вздохнув, надеваю бушлат и выхожу из своей комнаты офицерского общежития. Я живу одна, ни парня, ни мужа у меня нет, несмотря на красоту. Кому застит глаза красота, не принимают мой ум, а тех, кто смотрит не на попу, я пока не видела. Да, я — сирота с безрадостным детством. Не потому, что плохо было, хотя бывало, конечно, но просто не хватало мне... близких. Чтобы было кому выплакаться, чтобы обняли и погладили. И доченькой чтобы называли. Ладно, отставить саможаление! Здоровая кобыла вымахала, недавно старлея вот дали за красивые глазки, потому что больше, по-моему, не за что.

Спускаюсь по лестнице, чтобы вывалиться затем в морозный воздух военного городка. Можно транспорт подождать, но не хочется. На улице каких-то минус десять, одета я тепло, чего б не прогуляться? Белый снег лежит повсюду воспоминанием о детстве. О, как же я завидовала тем, кого возили на санках, а ещё обнимали, да и ругали даже! Зима — это моё время. Время, ставшее символом всей жизни — лёд, холод, снег. В точности, как и всё, что меня окружает — лёд отношений, холод в душе, снег несбывшихся надежд.

Вон ребята на службу идут, у каждого второго — жена, дети... Я бы, наверное, всё на свете отдала за эту толику тепла, но — овощ мне, хоть стреляйся. Этого я делать, разумеется, не буду. Сморгну слёзы — благо макияжа нет, не положено мне — и пойду дальше. Помню, в детстве меня с лестницы столкнули — все думали, сдохну, а я ничего, даже без последствий отделалась. Так и не узнала, какая гнида это сделала. Наверное, потому и стала я тем, кем стала. Вариантов-то...

Сейчас поверну направо, а там и ворота наши. Комендатура, контрразведка, хозрота опять плац подметает не предназначенными для этого инструментами. Значит, скучно товарищу прапорщику. Часть у нас особая, и задания бывают особые, расспрашивать о которых не положено. Впрочем, мне-то что до этого? Мне сегодня надо бы рапорты разобрать, подшить их в соответствующие папки да передать архивным крысам. То есть занятие нудное, скучное и никому на фиг не нужное. Просто положено так.

Ну, положено и положено, мы люди военные, наше дело маленькое: «Есть», «Так точно» и «Виновата». Мимо склада иду — ребята из разведки кладовщика за пуговицу взяли, значит, хотят весь склад с собой унести, а он не даёт. То есть у разведчиков задача какая-то есть, везёт им, не то что мне. Краем глаза вижу Грома, делаю независимое лицо и прохожу мимо походкой «от бедра». А хочется... Хочется, чтобы он обнял и сказал, что я самая-самая, но такого не будет. Я отлично знаю: не будет, и надеяться не на что.

Вот и дошла. Здание военной прокуратуры типовое, такое же, как в каждом гарнизоне, а наш вход слева. Вот туда я сейчас, пожалуй, и залезу, потом погреюсь чаем и займусь делами. Открыв дверь, некоторое время смотрю на своего начальника, не понимая, что он тут делает. Вариантов на самом деле немного, потому что начальство спешит. А раз спешит, то либо выскажется «по существу», либо поставит никому не нужную задачу, чтобы зло сорвать. Вот угораздило же меня... В душе шевелится надежда на то, что Серёжа вспомнил обо мне, но кто я ему... Шансы на самом деле так на так.

— Ага, Ершова! — радуется товарищ майор. — Отлично! Бегом к Грому, прикрепляешься к его группе на всё время выполнения особой задачи.

— Есть... — ошарашенно отвечаю я. — Разрешите идти?

— Беги отсюда! — хмыкает он. — Тебя недели на две разведка отжала.

Серёже я зачем-то понадобилась. Не от чистого сердца же он меня у командира «отжал», логично? Хотя сердцу хочется надеяться на то, что он «отжал» именно за красивые глазки, ну, потому что я — это я, старший лейтенант Ершова. Я понимаю, что мои надежды тщетны, но я же девочка, могу я хотя бы про себя помечтать?

Интересно, в самом деле, девки пляшут... Нет, ребятам спасибо, конечно, но с чего вдруг меня-то? Судя по тому, что я видела у склада, собираются они куда-то, где тепло, а тепло в это время года у нас только на другом конце нашего шарика. Зачем им там особист? Любопытненько...

Но спорить я не собираюсь — во-первых, приказы не обсуждают, во-вторых, мне только в радость, потому что Серёжа же. Бежать я, правда, не буду, потому что ещё только не хватало в боулинг на обледеневшем плацу комендатуры собой сыграть. Солдатики комендантского взвода точно не оценят, ну а Гром никуда не денется, он интенданта трясёт, а это процесс долгий и очень интересный.

— Товарищ майор, — рука к шапке, тут не до игр, работа — не игрушки, — старший лейтенант Ершова...

— Отставить, — реагирует он. — Мила, мы летим в далёкую жаркую страну, потому твоя задача — получить всё, что нужно, у этого доброго дядечки, который тебя не обидит.

Интендант аж вздрагивает. Ну да, Гром — это Гром,

тут без вариантов. Да и угроза в Серёжином голосе нешуточная, даже мне страшно становится, что уж о других говорить. Я медленно разворачиваюсь к духу склада, который принимает жалкий вид, того и гляди закричит «Насилуют!». Ну, не так уж он и неправ, честно говоря, ибо где я работаю, он в курсе.

Видимо, не желая дёргать контрразведку за хвост, мне сразу же выдают «всё, что нужно» в двух баулах, а я грустно думаю о том, как я их поволоку. Но вот в процессе этих размышлений в голову приходит мысль, заставляющая вспомнить, как меня назвал Гром. Немного не по уставу, но ласково, и от осознания этого факта сердце трепещет где-то в горле. Хочется дать себе по морде, чтобы привести в чувство, но пока нельзя — «дикари-с, не поймут-с». Сейчас надо попытаться выяснить, что мы забыли в «далёкой жаркой стране» и чего нам на летучемышиной базе не сидится.

Впрочем, это может подождать. А вот что не может подождать — так это трусы, носки и прочие радости современной женщины. Значит, нужен чемоданчик из моего кабинета, а то буду горько плакать в армейском белье и… м-да…

— Гром, мне бы до кабинета сгонять, — отпрашиваюсь я.

— Твой чемодан нам отдали, — информирует меня командир. — В шишиге стоит, так что не дёргайся. Сейчас упакуемся и поскачем на борт. Там и переоденешься, и поспишь.

Заботливый какой... Я как-то раньше не замечала, чтобы Гром был таким заботливым. Неужели он что-то чувствует ко мне? Да нет, не может быть, с чего бы вдруг? Просто я реагирую, как влюблённая дурочка, вот и интерпретирую в желаемую сторону нормальные человеческие отношения. Психология влюблённых, то, сё...

Задавив таким образом свои мысли, лезу в видавший виды кунг. Ну, думаю, пока ребята снаружи собираются, надо мне быстро перепаковаться, сложить всё, что нужно, в рюкзак, что не нужно — оставить. Я присаживаюсь на лавочку и, скинув бушлат, начинаю разбираться в выданном, что раздумывать мне не мешает. Странное у меня какое-то ощущение. Как перед переводом куда-то. Но я не хочу! Хотя кто меня-то спросит...

Достаю фотокарточку, на которой вроде бы мои родители. Тут вообще есть сомнения, я их не помню и не видела никогда, но вот в голове шевелится мысль, что это не они, иначе должна мама выглядеть, да и папа тоже, по-моему. Года идут, а это ощущение всё не проходит, и непонятно, с чего я вдруг так думаю. Но тем не менее остаётся у меня такая мысль... Фотографии в сторону, трусы, носки... летнее всё, в ближайшее время я буду в летней жаркой стране, полной насекомых и аборигенов, и неизвестно, что хуже. В какой конкретно стране, мне не сообщают, что и правильно, это ничего не изменит. Но вот антидотов в аптечку напихать надо.

— Ну как, готова? — слышу я Серёжин голос.

— Так точно, — киваю в ответ, и в ту же минуту вокруг становится шумно.

Ребята набиваются внутрь, как сельди в бочку, но мне от этого становится только теплее — я не одна. Если помереть соберусь когда, то пусть это будет в бою — так, чтобы сообразить ничего не успела... Какое-то у меня сегодня настроение минорное, необычно это совершенно. По крайней мере, для меня перед командировкой, ведь я же с Серёжей лечу! С Серёжей! Ну и что, что убить в любой момент могут, все мы смертны, зато с ним...

Борт нас уже, видимо, заждался, что ещё интереснее. Пилот не пляшет вокруг, а как приличный человек внутри сидит, только аппарель открыл. Я вываливаюсь из машины, чтобы потопать, куда сказали. Всё, как всегда, разницы никакой. С неба солнышко светит, снег под ногами... не лежит, потому что полосу расчистили, аппарель не скользкая, и вообще скоро загорать будем в тёплых краях...

— В общем, дело такое, — объясняет Гром, как только самолёт взлетает. — Машка заболела, а у тебя же с медициной всё в порядке?

— Смотря что порядком считать, — замечаю я, потому что квалификация у меня фельдшерская.

— Ну там забинтовать или пристрелить, — шутит

командир группы армейской разведки. — Мы и решили взять тебя, всё равно ты над бумагами пылишься.

— Впервые особист в качестве медсестры выступать будет, — вздыхаю я, а потом поднимаю голову. — Спасибо, Серёжа.

— Только осторожненько, Милена, хорошо? — неожиданно мягко произносит он, а у меня от скрытой, почти незаметной ласки в его голосе встаёт ком в горле, потому я просто киваю.

Ребята организовывают мне уголок, чтобы переодеться, чем я и занимаюсь, потому что термобельё и всё то, что на мне надето, при плюс тридцати — это перебор. А там, куда мы летим, время летнее, жаркое, и дикие аборигены с автоматами. Видать, случилось что-то интересное за это время, раз дёрнули наших. То есть вероятно, что и для меня работа по специальности найдётся.

Лететь нам долго, вполне можно и поспать, но мысли одолевают разные, поэтому для самоуспокоения я ещё раз перебираю Машкину медицинскую сумку. Судя по набору, кстати, готовилась она именно в этот рейд, потому, получается, заболела случайно. То есть повезло мне. Ну, и такое бывает, время нынче такое, что ни год — новый вирус, и не самый добрый, так что понять можно. Зато меня ребята взяли с собой, значит, недели две не буду предоставлена собственным мыслям о бренности бытия. На задании всегда есть чем заняться. А тут и Серёжа рядом, а за возможность к нему хоть иногда случайно прикасаться я и душу продам кому угодно.

Глава вторая

Ко всему быть готовой невозможно, поэтому я просто слушаю своего Серёжу, думая об истории, которую пишу. Да, я знаю, что не мой он, но помечтать-то можно? Вот и мечтаю, и в своей книжке тоже, ведь там мы вместе... Имена изменены, конечно, там многое изменено, но я-то знаю... Себя не обманешь. Вот и выливаю свои мечты на страницы.

— Мила, отдохни, — вспоминает обо мне Серёжа. — Ну-ка, сдвинулись!

Мне расчищают место, чуть ли не принудительно заставляя лечь, при этом Сергей остаётся на месте, и моя голова оказывается совсем близко к нему. Так близко, что кажется, ещё чуть-чуть — и обнимет. Но это, конечно, мне только кажется, потому что до объятий мне — как до Луны пешком. Эх, Серёжа...

Тем не менее я сладко засыпаю, и снится мне, что гуляем мы с Серёжей за ручку по берегу какого-то озера. Озеро это странное, как ртуть по цвету, и пар от него такой же серый поднимается. Но меня не озеро волнует, а только он. Серёжа смотрит на меня с такой нежностью, что я плачу, просто плачу, не в силах удержаться. Он обнимает меня, и я растворяюсь в этом тепле...

Сквозь сон слышу, как кто-то очень ласково зовёт меня. Я не хочу просыпаться, но ведь интересно, кто же меня так зовёт. Поэтому приходится открыть глаза, чтобы сразу же натолкнуться на взгляд Серёжи, какой-то необычный... или непонятный? Но думать некогда — я чувствую идущий вниз самолёт и вскакиваю, чтобы присоединиться к преобразившейся группе. Все собирают оружие, рюкзаки, тем же самым занимаюсь и я. Всё, время для отдыха и веселья закончилось, начинается работа. Обычная военная работа.

— Нас вертолётом подкинут километров на тридцать, может, больше, как выйдет, — сообщает командир. — Места там дикие, так что ходим аккуратно. Милу бережём, другого врача у нас нет.

— У нас вообще врача нет, — комментирую я. — А змеиный яд отсасывать сами будете.

Это я в ответ на шуточки по поводу того, почему медработник — обязательно женщина. Из старого анекдота это растёт об укусе змеи в мужское средоточие разума. Но, во-первых, не обязательно, во-вторых, дотуда змея не достанет. Шуточек при этом, конечно, полно, куда же без них. Змей привычно хихикает, мы усаживаемся поудобнее и ждём посадки. Молча ждём, потому что случаи бывают разные, и вот тут мне опять кажется, что Гром меня страхует. Может ли такое быть?

Самолёт садится довольно штатно, насколько я могу судить. Ну, подпрыгивает несколько раз, конечно, но оно и понятно — места дикие, качество полосы — так себе, если она вообще есть. Хорошо, что птичке нашей всё равно, куда садиться. И я с нею попрыгала, судорожно цепляясь за что угодно, и мне это удаётся — на месте удержалась, в боулинг собой не сыграла — и ладненько.

Медленно открывается аппарель, машина и остановиться не успевает. Теперь надо бежать — и довольно быстро — к вертолёту. Вон он, виден немного в стороне. Вполне такой обычный восьмой «Ми». Сейчас поднимет и понесёт нас, куда сказано. Нам сегодня много чего сделать надо, поэтому я стараюсь, бегу вместе со всеми, хоть и отстаю немного, физподготовка у меня всё-таки не на том же уровне. Ребята-то каждый день занимаются, а я на стульях жопу отращиваю. Вот пояс по самбо — да, разряды по пулевой стрельбе и — не пойми зачем — по фехтованию. Ну, это как раз понятно — лишь бы в детдоме не сидеть, а чувствовать себя хоть как-то живой.

Машина сразу же идёт на взлёт, едва не оставив меня

на земле. Но ребятам очень нужна медицина, так что меня затаскивают внутрь. Вертолёт летит куда-то — куда, мне не видно. Часа полтора летит, я от звука двигателя чувствую себя, как внутри барабана. Голова гудит, ничего уже не соображаю. Но вот вертолёт идёт на посадку, мы выскакиваем, и... Зелёные насаждения типа «пальма» и «какая-то хрень» наблюдаются, куда ни кинь взгляд. Взгляд кидать не хочется, хочется сдохнуть, но не дадут, потому что приказ.

— Мила, вперёд! — приказывает Гром, и тут до меня доходит: мне позывной сменили. Ла-а-адно, сменили так сменили, не в первый раз.

Послушно очень быстро бегу вперёд. Нам сегодня долго бежать, потому надо беречь дыхание и чередовать шаг с бегом. Десантура регулирует дыхание за счёт задорной песенки о Винни-Пухе, а мы бежим молча. Молча, но быстро, потому что севший вертолёт привлечёт аборигенов, как открытая банка мёда не скажу кого. А привлекать нам сегодня никого не надо, надо бежать.

Аборигены тут не только с луками и палками, хотя стрела в задницу — то ещё удовольствие. Они ещё и с автоматами, гранатомётами и прочей гадостью встречаются, то есть могут наделать много противных дырок, что никому понравиться, разумеется, не может. Потому и бежим.

Вот и джунгли, то есть обилие зелёных насаждений.

Это значит, что скорость наша снижается, — надо и вверх посматривать, чтобы на голову никакой Чингачгук не свалился, но, с другой стороны, мы и не светимся, как три тополя на Плющихе. То есть уже полегче. Но физуху подтягивать надо, а то я так сдохну.

— Стоп, привал! — командует Гром. — Милу уложите покомфортней.

Действительно заботится. Интересно почему? И ещё интересно — я так реагирую потому, что это Гром, или потому, что мне просто тоскливо без ласки? Не знаю, да и думать просто никаких сил нет. Сейчас просто сдохну, и всё, такое у меня ощущение. Но сдохнуть опять не дают — меня, вцепившуюся в дерево, аккуратно укладывают на что-то мягкое, командуя отдыхать, и я отрубаюсь.

Ненадолго отрубаюсь, конечно. Мне в этом состоянии, правда, и получаса хватает, чтобы хоть как-то расслабиться. Сквозь сон чувствую погладившую меня по волосам руку и замираю от этой незнакомой, но такой желанной ласки. Хочется верить, что это Серёжа, просто очень хочется.

— Подъём! — звучит команда. — Просыпаемся и бежим.

Бежим мы не сразу, сначала морду умыть надо, а вот потом — да, рюкзак на спине, ствол к нему приторочен, медсумка-укладка — и бежим. С медициной смешно получилось — я дверь перепутала как-то, когда зачёты сдавала. Зашла случайно туда, где медики тусовались. Уж не знаю, что они у нас забыли, но мне неожиданно понравилось, вот и получила ещё одну специальность. Что смогла в теории — сдала, но параллельную медицинскую просто не вытянула. То есть, по идее, я почти доктор, но именно что почти...

Бежали, бежали мы — и прибежали. Гром карту достаёт, на местности ориентируется, и вижу я, что не нравится эта самая местность нашему командиру. Ну а кому такое понравится — степь, чахлые кустики, не пойми что... Мы что, сюда бежали? А на... зачем в смысле? В джунглях, как-то резко оборвавшихся, кстати, комфортнее.

— Не понял, — констатирует Гром. — По карте — джунгли, а тут...

— Термобарической бухнули, — предполагает Змей, выковыряв что-то из дёрна.

— Возможно, — кивает командир, рассмотрев протянутое ему. — Ну, тогда бежим дальше, здесь-то не встанешь.

— Вопросов не имею, — отвечает ему Тис.

Это штатный сапёр группы. У него полный рюкзак не самых весёлых предметов, если детонируют, взлетим так, что позавидуют птицы. Я поднимаюсь на ноги — надо бежать дальше, хотя с какого... зачем надо было выжигать джунгли, я не понимаю. На всякий случай выдёргиваю из кармашка дозиметр, но он молчит, значит, точно не ядерной бумкнули. Интересно, это с нашим заданием связано, или местные просто бомбочку интересную нашли и решили узнать, что будет?

Бежим дальше, на горизонте уже и искомые джунгли показались. Там у нас привал будет, можно будет пос... оправиться, значит. И пож... принять пищу. Я же девушка, надо прилично выражаться. Главное — следить, чтобы во время похода в туалет змея за жопу не куснула, а то будет несмешно. А несмешно нам не надо, ибо та же чёрная мамба, которая тут вроде бы не водится, — тот ещё подарочек. А вот рассказывали, один деятель лепестковую мину не заметил. И оправился прям на неё. Байка говорит, что хоронить было нечего, и хоть не верится, что она от такого сработала, но проверять ни у кого желания нет.

Дыхалки не хватает, конечно. Надо чаще бегать, но у нас бегать негде особо. Вернусь — буду форму возвращать, а то разленилась совсем, скоро разжирею, оплыву и котиков заведу. Трёх. Тьфу, какие мысли идиотские в голову лезут! Ещё кое-что непонятно мне — тихо слишком. Не скажу, что так не бывает, но что-то меня эта тишина беспокоит. Даже слишком беспокоит, можно сказать, потому что всё-таки настолько тихо не бывает.

Тут не Невский, конечно, но должно быть хоть немного оживлённо, хоть звери какие, что ли...

Несмотря ни на что, бежим дальше — а что делать? Правильно, делать нечего. Командир сказал бежать — бежим. Скажет прыгать — буду прыгать. Скажет... хм... нет, этого он, пожалуй, не скажет, но тоже выполню. С радостью. Даже думать получается только короткими фразами, потому что мыслей нет. Мужикам-то проще, за них сопроцессор думает, а что женщине делать? Даже, можно сказать, девушке... Вот и заросли. Хочется упасть и не двигаться, но пока нельзя. Пока Серёжа не разрешил — падать совсем нельзя.

— Стоп, привал! — командует Гром, и я просто сажусь, где стою. Трава, прелые листья, корни какие-то...

— Мила, жива? — интересуется он.

— Жива, Гром, — отвечаю командиру. — Но лучше б сдохла.

— Ничего, — хмыкает Гром. — Самая сложная часть пройдена, теперь интересная начнётся.

Интересная — это значит непосредственно работа. Но пока на дворе день, разведчики наши никуда не пойдут, они у нас «летучие мыши», то есть «летают» по ночам, что вполне логично. Именно поэтому сейчас будет еда, здоровый сон и планирование. А после «мыши» двинутся «летать», а я с кем-нибудь буду тыл подпирать. Тоже интересное это дело — тыл подпирать, да. Полежать можно, помечтать, пока глаза смотрят и уши слушают.

Официально, судя по отсутствию опознавательных знаков на форме, нас здесь нет. Значит, в случае чего, наши от группы открестятся. Ну да это не в новинку — каждая вторая задача такая, так что всё просто: в плен попадать нельзя, и точка. Для девушек плен будет очень занятным приключением, но я не любитель именно таких игр, поэтому никакого плена. Для этой цели в кармане граната. И у меня тоже, а как же! Ну да это лирика.

Мне протягивают парящую банку саморазогревающегося пайка. Он, разумеется, не наш, а у заклятых друзей утянут — для осложнения идентификации. На нас и форма, и бельё — от заклятых наших, с которыми мы формально не воюем, а на самом деле... На самом деле ещё как, но это считается тайной. Так сказать, секрет Полишинеля: формально — всё секретно, на деле же — каждая собака в курсе. И метки, и бирки, и я вообще не знаю что. Даже номер части — тот, который, по идее, может где-то рядом быть.

Вкусный паёк у заклятых друзей, комфортно, гады, воюют. Нет у них, значит, невзгод, с головотяпством связанных... На самом деле есть, и похлеще, чем у нас, да. Причём если у нас галетой можно гвоздь вбить, то у них ножи ломаются, например. Несоизмеримые проблемы — без галеты жить можно, а без хорошего ножа — очень трудно. В сон с устатку тянет, тёплая вкусная еда после такого марафона...

— Мила, ложись, отдохни, — как-то очень мягко говорит мне Серёжа.

— Есть, — коротко отвечаю, потому что я — послушная девочка.

Снится мне бред какой-то, будто я маленькая ещё — лет восемь, что ли. Ну вот, и бабка какая-то меня при этом ведовству учит. Заговоры там всякие, в общем, бред сивой кобылы в тёмную сентябрьскую ночь. Повторяет бабка мне всё по нескольку раз — как глаза отвести, как боль снять, ещё что-то. Чудной сон, и реальный какой-то, как у психов. Неужели я с ума потихоньку схожу? Надо будет в книжке своей такую бабку прописать, колоритная она, прям баба Яга.

Будят меня резко, а вокруг — темень. Что с закрытыми глазами, что с открытыми — одна хрень. Настроение после такого сна не очень, даже, наверное, очень не. Но ничего не поделаешь, надо вставать, цеплять гарнитуру радиостанции, приходить в себя и держать тыл. Ну, это дело знакомое, так что отходим вместе с группой подальше от импровизированной базы, поднимаем кулак, провожая ребят, и ложимся.

— Мила в канале, кто со мной? — интересуюсь я.

— Тис, — коротко отвечает лежащий рядом. — Безработный я сегодня.

Ага, значит, чистая разведка у «мышек» сегодня.

Может быть, и обойдётся всё, чего б не обойтись-то? Ребята ушли в ночь, но я их слышу, да и Тис тоже, пока наконец не пропадает сигнал. Значит, далеко отошли, или глушит чего. Скорей, глушит, потому что обрезается он резко, а так не бывает.

— Тис, сигнал рубанули, молчим, — выдаю я предложение.

В ответ — щелчок, значит, принял он и подтверждает. Ну вот и хорошо, теперь нужно только ждать.

Глава третья

Ребята возвращаются с рассветом, весёлые, но задумчивые. А я уже отрубаюсь просто — устала всю ночь темноту в ночной прицел разглядывать. Гром коротко объясняет, что точка у нас не та, поэтому сейчас вместо отдыха надо сместиться на десяток километров. Надо — значит, пойдём, тут двух толкований быть не может, хоть и странно, что произошло именно так. Да и смущает обрыв связи, при этом командир будто бы игнорирует мой рассказ о наблюдаемом явлении. Разве ж такое может быть?

Ладно, это Серёжа, ему виднее. Ну, побежали?

— Шагом! — командует Гром. Он тоже устал, но у нас есть задача, и её надо выполнить — зазор по времени совсем небольшой. — Бегом!

Кстати, а куда мы вообще спешим? Что такого

важного может быть, отчего нас так время прессует? Этот вопрос совершенно лишний — задавать его можно только себе и тихо. Так что сейчас надо не размышлять, а быстро-быстро перебирать ногами, Серёжа знает, что говорит.

Чередуем бег и шаг, покрывая километр за километром. Несмотря на предельную усталость, всё равно не жалею, что пошла с ребятами. Могла отказаться же, не моё это дело — по джунглям скакать, но даже мысли такой не возникло. Потому что возможность побыть рядом с Серёжей — одна из немногих моих радостей, и просто так от неё отказываться я не хочу. Да кого я обманываю — единственная моя это радость, нет других давно в этой жизни...

— Всё, привал, — выдыхает Гром, сам едва не падая. — Осмотреться, оправиться и спать.

— Есть, понял, — автоматически отвечает ему Змей.

Ребята осматриваются, затем начинают раскладываться. Все устали так, что непонятно, как вообще могут что-то делать — я, например, не могу, потому просто падаю. Меня берут на руки и перекладывают очень бережно, ласково, а у меня даже нет сил открыть глаза, чтобы узнать, кто это. Хочется, чтобы Серёжа, но я уже уплываю в тяжёлый сон. Мне не снится совсем ничего, просто чернильная тьма, и всё. Сквозь эту тьму пробивается мысль о том, что периметр ребята не заминировали, а стоило бы.

Наверное, просто все устали, понадеявшись на то, что

пронесёт. Или заминировали, а я уже спала? Не знаю. Открываю глаза, несколько минут вглядываясь в темнеющее небо, на котором видны первые звёзды. Чужое здесь небо, просто чувствуется, что чужое, злое, враждебное. Я лежу, думаю о Серёже и о жизни своей.

Вспоминаются разные моменты из детства. В двенадцать меня больше всего старались или украсть, или убить, хотя кому нужна была сирота, я не знаю до сих пор. В первый раз я просто убежала, хотя меня звали куда-то «к маме». Угу. Мужик какой-то: «Пойдём, я тебя к маме отведу». Кто же в это поверит-то? А потом — то кирпич упадёт, то откуда ни возьмись — машина на скорости пронесётся в пешеходной зоне. И вот такие «совпадения» до кадетки включительно. Ну а там я просто со всей толпой двигалась, и «совпадения» куда-то пропали.

Вся жизнь какая-то, наперекос пошедшая. Если бы не Серёжа, застрелилась бы, наверное, уже просто от безысходности. Пожалуй, он и является единственным светом в окошке для меня. Жаль, что нам не быть вместе, я бы, наверное, за то, чтобы быть с ним, отдала всё на свете, да и жизни не пожалела бы. Зачем мне жизнь без него? Бросаю взгляд на Грома — спит… Сладко спит родной мой и не знает, что девушка по нему страдает. Такое красивое зрелище, так и смотрела бы, но долго нельзя — почувствует взгляд.

Зажужжал будильник, и Гром моментально открыл глаза, быстро осмотрелся, причём начал с меня, улыбнулся одними глазами. А мне так тепло-тепло от этого становится, что и не передать как. Хочется, конечно, чтобы Серёжа меня «будил», но мы не на базе, поэтому встаю сама. Мосю ополоснуть, позавтракать, оправиться... Или сначала оправиться? Наверное, сначала позавтракать надо.

Тянусь за консервой, которую сначала с обратной стороны вскрывают, чтобы термосмесь от контакта с воздухом нагрелась, разогревая и завтрак. Жду положенные пять минут, вскрываю и начинаю лопать. По-моему, это гуляш. Галета задорно хрустит, гуляш ложится в пузо, сигнализирующее о том, что в туалет всё-таки надо. Даже, я бы сказала, очень надо, но сначала доем, конечно.

— Гром, водички дай, пожалуйста, — негромко прошу я.

— Держи, Мила, — протягивает мне флягу.

Вот опять в голосе командира мне слышатся ласковые интонации. Самообман, наверное, просто очень мне этой самой ласки не хватает, ведь так и осталась потерянной девчонкой, хоть давно и офицер, и звёзды на погонах сияют. Но до зубовного скрежета, до воя хочется мне, чтобы обняли, прижали к себе, сказали, что я самая-самая, — а там и помирать можно.

Что-то в последнее время тоска всё чаще сердце гложет. То ли предчувствие какое-то, то ли ещё чего... Кстати, об ощущениях: я сейчас обос... обгажусь.

Ребята собираются, а у меня какое-то чувство нехорошее. Вот где-то внутри зреет предчувствие надвигающейся беды, и ничего не могу с этим поделать. Почему-то хочется плакать, но этого делать я, разумеется, не буду. Я лучше пойду оправлюсь, так сказать. А если предчувствие останется, Серёже пожалуюсь, он в предчувствия верит.

— Я в кустики, — предупреждаю ребят.

Нечего тут стесняться, командир должен знать, где находится каждый его подчинённый, даже если он погадить отошёл. Правило такое, и правильное правило, между нами говоря. Только предчувствие заставляет взять с собой рюкзак, сама не знаю зачем. На меня одной гранаты, что в кармане, хватит, а в рюкзаке ещё кило того, что детонировать может, но «чуйка» — зверь такой, поэтому я делаю то, что чувствую правильным.

Я отхожу чуть дальше от ребят, вижу удобную прогалину, но что-то мне тут не нравится, потому делаю шаг в сторону и замираю. На меня в упор смотрит дульный срез американской винтовки. В тот же миг кто-то хватает сзади за шею так, что я теперь только хрипеть могу, а не кричать. А там же ребята! Там Серёжа! Они не знают о засаде!

Я понимаю, что здесь моя жизнь заканчивается. Конкретно вот этим «аборигенам» в руки лучше не попадать никому, а они всё равно в результате убьют. Или же сделают такое... В общем, понятно. В это мгновение пальцы цепляют гранату без замедлителя. В кармане лежит, уже готовенькая. Почему-то в голову не приходит наука с отводами глаз и прочим — может быть, потому что я в неё не верю?

Прощайте, ребята! Отомсти за меня, Серёжа!

— Ну вот как это называется?! — слышу я, открывая глаза.

Я же только что взорвалась, от меня же ничего остаться не должно было! Как я могу открыть глаза?! И, кстати, где это я?

— Милалика! Как это называется, а? — снова слышу я тот же женский голос.

Я лежу на поляне в обычном таком лесу средней полосы, вокруг меня туман, а прямо напротив стоит женщина в длинном чёрном платье, опираясь на такую же чёрную косу — ну, которой траву косят, и дама эта возмущена. Даже слишком возмущена, по-моему. Обращается она ко мне, но почему так называет?

— О косу не порежетесь? — интересуюсь я.

— Делать мне больше нечего, — отвечает мне она. — Милалика! Как тебе не стыдно! Ты почему опять до обретения ко мне отправилась, а? Как мне твою судьбу править в таких условиях? Ты что, забыла, что вернуть тебя можно только после того, как вспыхнет истинная любовь?

— Женщина, вы кто? — задаю я сакраментальный вопрос.

— Дожили! — возмущается она. — Уже и Смерть не узнают! Дать бы тебе, да ведь не поможет это!

— Интересные галлюцинации, — соглашаюсь я.

Я всё понимаю: на самом деле я лежу в виде фарша среди мелко нарубленных аборигенов, а мой медленно умирающий мозг выдаёт весёлые картинки из журнала «Ералаш». А фарш — потому что заботливо прихваченный рюкзак детонировал. Медленно поднимаюсь на ноги, внимательно осмотрев себя. Я полупрозрачная, что говорит о детальности галлюцинаций, но мне уже, в общем-то, всё равно. Я уже фарш третьего сорта, то есть — вместе с будкой, как об этом говорит анекдот. Так что теперь можно и послушать, что мне Смерть скажет.

— Вот куда тебя теперь девать, а? — интересуется у меня женщина, представившаяся Смертью. — Обратно не сунешь, как в прошлый раз... А мир должен быть сопредельным, а то...

— А зачем меня совать? — удивляюсь я.

— Потому что ты — дура, — безапелляционно заявляет эта Смерть. — Нашла кому верить! Вот теперь ты — моя личная невезучая головная боль. Дура жалостливая, но безмозглая! Вот и крутишься, как белка в блендере!

— Ничего не понятно, — признаюсь я. — Но очень интересно!

Ответить она мне не успевает. На поляне внезапно

возникает... Серёжа в сопровождении какого-то сильно побитого мужчины в белом, с дымящимися крыльями. Я бросаюсь к самому своему дорогому человеку, и мне наплевать на то, что он меня оттолкнуть может, — вижу я сейчас только его. Рычащего от бешенства, с застывшей просто нечеловеческой болью в глазах.

— Забирай! — коротко бросает мужчина. — Чтоб я ещё раз ангелом-хранителем устроился... — в сердцах сплёвывает и исчезает.

— Серёжа! — я налетаю на Грома. — Ты как здесь? Неужели ребята не услышали?

— Мила, родная, — обнимает меня мой Гром, ничего больше не говоря.

— Значит, истинную любовь обрела всё-таки, — задумчиво произносит Смерть. — И почему вы оба ко мне отправились? Эй, служивый!

Но мы на неё не реагируем совершенно. Мне кажется, что я в раю — меня Серёжа обнимает! Пусть в галлюцинации, но обнимает же! Теперь и умирать не страшно совсем. Смерть же машет рукой, и перед ней появляется картина: совершенно озверевший Серёжа со стволом в каждой руке, как Рембо какой-нибудь, прёт напролом по смутно знакомой местности.

— Да, царевна и воин... — вздыхает Смерть. — Что с вами делать теперь? По условиям, я вернуть вас должна, только не я решаю куда.

— С момента царевны можно поподробнее? —

прошу я пролить свет на своё происхождение, отвлекаясь от любимого.

— Ты вспомнишь, — обещает мне наша Смерть. — Да и пригодится тебе, если выживешь.

— Жизнеутверждающе, — хмыкаю я, прижимаясь к Серёже, который просто шепчет моё имя.

Женщина вздыхает и объясняет мне, что на самом деле она вернёт нас в какой-то «промежуточный» мир, но мне нужно быть осторожной, ибо там есть те, кому я живой не нужна. Притянет меня, скорее всего, в девочку, похожую по статусу, но это мне не поможет, так как внешность моя изменится на «каноническую», что бы это ни значило. В какую эпоху, в каком виде и что будет происходить... Возможно, в недавно умершую, или в момент убийства. Единственное — мы с Серёжей будем в одном мире. Чтобы «вернуться домой», нужны какие-то «особые условия» и — «вы поймёте».

— Поправьте меня, если ошибусь, — прошу я Смерть. — О мире девочка не будет знать ничего, попадёт в момент смерти, будет слаба и вынуждена плыть по течению. Я права?

— Ну, в целом, да, — кивает женщина.

— Что с родными? — с ходу интересуюсь я.

— Ты изменишься, — коротко замечает она. — Поэтому будешь неизвестной сиротой, Милалика.

Интересная информация. Значит, опять детский дом и попытки меня убить. Интересно, а в прошедшей жизни то же самое было? И вообще, я подробностей хочу, это же мои галлюцинации! Ну а то, что сил не будет, — не беда, накромсать, если что, наука «мышек» поможет. Ну и собственные знания, конечно.

— В прошлой жизни то же было? — интересуюсь у Смерти.

— Да, Милалика, — кивает она. — Тот, кому ты бездумно доверилась, будет искать тебя, чтобы убить, а возможностей у него много.

— Что мне можно, а что нельзя? — спрашиваю я.

— Тебе можно всё, что сможешь сотворить, — сообщает мне Смерть. — И от чего сможешь убежать... Силы фамильные ведовские я тебе возвращаю.

Ладно, не зря же меня так долго учили. Ничего, всех найдём и умоем. Они у меня кровью умоются все! Что-то я озверела слегка, чего это я? Ладно, потом разберусь, а сейчас я пользуюсь методами скрытого допроса, пытаясь вытянуть у Смерти максимум информации. Серёжа мне помогает в этом, а опыта у него — как у дурака махорки.

— Ведовская школа там есть, — признаётся наконец Смерть. — Только попасть в неё сложно, для начала постарайся выжить и любимого найти.

— Я найду тебя, Мила! — обещает мне Серёжа, и я ему верю.

Далее уже он показывает мастер-класс допроса, да так, что выбивает у Смерти ориентировочную область пространства на уровне страны, где всё будет происходить. Интересно то, что меня в этом мире никогда не было, значит, так называемый параллельный, и ведающие тут есть, но скрываются от злых людей. Сначала люди их просто на цепи держали с малолетства, а теперь и лаборатории придумали, то есть надо быть очень осторожной.

Я прощаюсь с Серёжей, а Смерть даёт мне последние указания.

— Я поняла, — обречённо киваю ей. — Хорошо, пихайте давайте.

— Слова-то какие, — вздыхает наша Смерть, а потом очень резко выключается свет.

Глава четвёртая

Спасибо «мышкам» за рефлексы. Я их по гроб жизни водкой поить должна, особенно Серёжу. Если бы не эти рефлексы, отправилась бы к тёте Смерти досрочно, прожив всего несколько секунд, а так...

Голова не думает, горло сдавливает чья-то рука, глаза не видят ничего почти. Я осознаю, что нахожусь в машине, из которой меня пытаются на скорости выкинуть, хватаюсь за душащую меня руку, резко дёргаю её на себя. Слышу громкий крик, выворачиваюсь из захвата, как учили, и, определив, где примерно находится водитель, резко бью в ту сторону обеими ногами.

Машину явно заносит, судя по ощущениям мыши в консервной банке, которой играют в футбол. Кто-то орёт что-то матерное явно по моему адресу, затем следует сильный удар, и становится как-то горячо. Однако я, ощутив, что никто не держит, пытаюсь выкарабкаться туда, откуда чувствуется свежий воздух… Пытаюсь, пыта…

Глаза открываются. На лице — маска, я ж почти доктор, что я, маску не узнаю? А лежу я в реанимации, похоже, судя по кардиомонитору. Лет мне сколько, я пока не знаю, как зовут меня — тоже, так что назовусь Милой, если спросят. И фамилию редчайшую, из известного анекдота — Иванова. Концов при таком сочетании вообще никаких не найти.

Итак, я опять ребёнок, девочка, что немедленно мной проверено, благо лежу совершенно неодетая. На ощупь — пубертат ещё не пришёл. Даже и не собирается, насколько я осязаю, но, учитывая, что я что-то смогла, можно говорить, что лет десять-одиннадцать. Что выбрать? Подумаю позже, для детского дома эта цифра не принципиальна, разве что лет до четырнадцати даже не попытаются тронуть, потому что таких проблем не скроешь. Ну, бить-то будут всё равно, поэтому надо подумать, как этого избежать. Интересно, что в палату никто не входит, хотя аппараты должны были уже сообщить, что я проснулась.

Далее. Смерть права: я — дура. Почему не попыталась «аборигенам» глаза отвести? Сработало бы или нет такое — неизвестно, но хотя бы попытаться следовало, а я стормозила. Что угодно нужно пробовать в таких случаях. Ладно, в другой раз умнее буду, ибо, судя по словам Смерти, возможность у меня такая будет. Сейчас я

— неизвестная сирота, на которую, судя по всему, всем нас... всё равно, короче, всем. Со страной определились.

— Проснулась? — странно, не входил вроде никто, но надо мной вдруг появляется женское лицо, в которое я смотрю бессмысленным взглядом.

— Да, — пытаюсь ответить, что получается не сразу — в горле как песка насыпано. — Пить...

— Пить? — переспрашивает женщина, по-видимому, медсестра.

Спустя мгновение в мои губы тыкается трубочка. Что делать, я понимаю — втягиваю в себя воду. Безвкусную, как и положено в больнице. Навскидку можно говорить о контузии, плюс придушили меня, то есть гипоксия, потому и маска, а ещё что? Трудно сказать, надо осматривать, а я только-только очнулась.

— Как тебя зовут? — интересуется медсестра, внимательно заглядывая мне в глаза.

— Мила... — тихо отвечаю я, потому что не знать своего имени чревато, особенно в идентифицированной уже стране.

— А фамилию помнишь? — продолжает расспрашивать она.

— Ершова, — решаюсь я, потому что лучше проходить под знакомой фамилией, чем привыкать к новой.

Почему я верю Смерти? Не знаю, но ситуация сейчас очень простая — или всё мне сказанное правда, или «глюки» продолжаются. Я же сама писала про попаданцев? Вот, получи и распишись. Надеюсь, история не моя, потому что иначе приключений будет... Я себя знаю. С другой стороны, в своей истории я — царь и бог... Если знаю, как это делать, — а я не знаю. Выводы?

— Осталось только день рождения выяснить, — улыбается мне медсестра, а у самой глаза холодные-холодные.

— Сегодня... десять... — решаюсь я.

Вот тут она удивляется, и серьёзно удивляется — глаза округляются, губы вытягиваются. Явно информация расходится с чем-то, чего она ожидает. Интересно. Глаза её сразу же добреют, в них появляется даже что-то, похожее на сочувствие. Это дурно пахнет на самом деле, очень дурно, но пока я ничего расследовать не могу. Ничего, встану, буду потихоньку копать, что я была за девочка и за что меня так активно...

С этого момента наступает какой-то перелом — вдруг приходит врач, внимательно меня осматривает, потом ещё один приходит, и ещё... Я понимаю, что их смущает — странгуляционная борозда, точнее, сейчас это просто след на шее, которого они не могут объяснить, зато я могу, рассказав, что меня ремень в машине чуть не задушил. Это так себе объяснение, но неожиданно оно всех удовлетворяет. А я пытаюсь выяснить, куда меня занесло. Очень осторожно и не торопясь.

Лучше быть сиротой помладше, чем постарше. Что такое десять лет? Это начальная школа, конкуренция в которой не такая яростная, как в средней, это возможность не бояться нападения с целью насилия, это возможность подготовиться к тому, что меня ждёт дальше. Ну и заодно можно успеть занять определённую нишу в пищевой цепочке, так сказать, а учитывая опыт детства и знания, и в лидеры пробиться, раз уж меня царевной назвали. Назвали — значит, будем править... М-да...

Город тут нынче... В общем, глубокий Мухосранск, хотя и называется иначе, но против сути не попрёшь — глушь, но детский дом есть. Обеспечение его, конечно, как в далёком гарнизоне, но я чего только в жизни не пробовала, а сама — давно уже не наивная девочка, потому выдюжу. Какого-нибудь пригляда можно особо не ожидать, бить, скорее всего, попытаются, ну да поглядим. К тому же порядки наверняка бандитские, учитывая случайно выясненный год. Значит, что? Значит, потанцуем, как Гром говорил.

Лечить меня особо не лечат, просто переводят в другое отделение и дают отлежаться. То есть реабилитация на мне. Так себе новости, честно говоря, но и тут справимся — зря я, что ли, столько времени на медицину угробила?

— Девочка не из ориентировки, просто похожа, — слышу я разговор двух санитаров. — Наши-то подумали, что это та самая маньячка, чуть не уморили её...

То есть десятилетнего ребёнка объявили в какой-то ориентировке «маньячкой», и в это все поверили? Я точно на той же планете оказалась? Тут у людей мозги есть? Ну там, не знаю, критическое мышление? Такое ощущение, что я сейчас живу в мечте всех правителей — стране дураков. С другой стороны, не зря же Смерть меня дурой назвала?

Итак, я Мила Ершова, мне десять лет, обретаюсь сейчас в палате выздоравливающих областной больницы. Доставили меня экстренно, с того места, где моя копчёная тушка валялась неподалёку от сгоревшего автомобиля с двумя трупами внутри. Трупы разнополые, так что вполне сошли за родителей, никакой мистики. Одновременно с этим появилась ориентировка на девочку десяти лет с указанием на шлейф трупов, тянущийся за ней. Интересно? Ещё как, потому что так не бывает!

Можно было бы отнести всё произошедшее на счёт богатой наследницы или каких подковёрных игр, но просто именно так оно не делается. В отношении ребёнка таких обвинений не выдвигают по причине законов нашей страны, на которые, конечно... Но не настолько же! Вот и выглядит всё это странным. Девочку с фото из ориентировки я запоминаю, благо она на стене висит, но, опять же, так никто не делает — значит, имеем загадку, меня непосредственно касающуюся. Это пока неведомый враг не знает, как я выгляжу, а потом — мало ли что...

Дальше... Отвод глаз я попробовала на медсестре, всё работает, как ни странно. Это означает, что метод рабочий и может использоваться. Сама по себе новость хорошая, потому что позволяет хотя бы убежать, если что, но мне пока не надо. Пусть спокойно выпишут, отправят, куда положено, а там я найду, что сделать. Пока учитываем, что враг на данный момент обо мне не знает ничего, но постарается узнать. Логично? Логично.

— Ершова, — лечврач у меня заморенный и ту... э-э-э... не заинтересованный. — Скоро тебя выпишем.

— Ничего, что я едва стою? — интересуюсь я у него. — Физкультура мне какая-нибудь положена?

— То-о-очно! Реабилитация же! — обдав меня мощным выхлопом, заявляет это тело в грязном халате и покидает палату.

Ну, нормальной реабилитации здесь не будет, конечно, поэтому я ухожу в парк, где начинаю совершать попытки привести себя в форму — до обморока. Не раз и не два меня находят санитарки без сознания, и в отделение приносят санитары. Но так как во время тренировки я шепчу заговор отвода глаз, то видят они только результат. А при таком результате выписывать меня нельзя, потому что настолько больших идиотов нет нигде, а отвечать за труп ребёнка никакой детский дом не согласится.

— Я просто выхожу погулять, — объясняю комиссии из трёх врачей.

По такому случаю мой лечащий даже трезвый, видимо, непростые врачи в комиссии. Седой меня пытается поймать на несоответствиях в рассказе, но я точно помню, что говорю, так что облом у товарища психиатра. Я держусь насмерть за версию о том, что меня не лечат никак, я просто лежу, при этом стоять мне тяжело, а дядя доктор говорит, что выпишет, поэтому я учусь ходить, но почему-то падаю.

Убедившись, что версию я не меняю, доктора переключаются на своего коллегу, потом пытаются меня проверить. Но МРТ у них нет, а как правильно промахнуться пальцем мимо носа, я знаю. Так что они получают данные объективного контроля, а мой лечврач — русские подарки и сувениры. Поэтому ближайшее время он будет занят, а я получаю, наконец, адекватную помощь, ну и я ещё тренируюсь... Тренироваться очень полезно, потому что, в отличие от лечебной физкультуры, на которой я демонстрирую заморенного котёнка, на тренировках я выкладываюсь полностью, нарабатывая и тело, и всё остальное.

Но всё хорошее рано или поздно заканчивается. Я понимаю, что санаторий подходит к концу, когда вижу тётку с брезгливым взглядом, заходящую ко мне в палату — кстати, лежу я одна. Это тоже не совсем обычно, но бывает. Так вот, тётка заходит, явно чтобы посмотреть на меня, поэтому встречает именно тот взгляд, который ожидает увидеть, — «потерянный котёнок не знает, что будет дальше». Нормальные люди в таких случаях как минимум улыбаются ребёнку, а не предвкушающе оскаливаются.

Поразглядывав меня некоторое время, она разворачивается и уходит. В общем-то, всё понятно — социальные службы пожаловали, которые детей-сирот трудно переваривают. Ну, год-то я уже знаю, чему тут удивляться: нищета порождает злобу, а сирот защитить некому. Это я уже один раз проходила, вот только сейчас у нас с вами сказка будет другая — я всё-таки офицер, и таких тёток вертела на том, чего у меня нет. А милая пай-девочка непростые сюрпризы может устроить, никакая прокуратура потом не разберётся. Ну и есть вещи, которые табу... Милиция нынче, конечно, с нюансами, но люди и среди них есть, так что поиграем.

— Ершова, мы тебя выписываем, — сообщает мне уже другой доктор, потому что предыдущего лечащего просто уволили, что-то он не то стырил, как оказалось.

— Я поняла, — киваю я ему. — И куда меня?

— Твои родители погибли, поэтому — детский дом, — равнодушно отвечает он мне.

— Нет! Нет! Это неправда! — старательно разыгрываю я театр. — Вы лжёте! Этого не может быть!

Я реву, полностью отдаваясь своей игре, а сама размышляю. Ну, равнодушные доктора — это не сюрприз, хотя как-то всё тут перекошено. Хотя, может быть, я просто плохо помню, всё-таки тварей всегда хватало. Но вот просто взять и заявить такое ребёнку, а потом повернуться и уйти? Нелюди какие-то, честное слово, просто нелюди.

При этом меня никто не пытается успокоить, просто игнорируют сам факт моего наличия, и всё. Ну надрывается ребёнок, ну и хрен с ним. Правда, интересно? Вот и мне. Но истерика у меня должна быть, потому что версию надо подтвердить, чтобы везде, включая мысли, фигурировал тот факт, что сиротой я стала, а не «всегда была». Этот факт меня защитит потом.

Ну, поорала, надо и честь знать. Голос уже хрипит как знак качества истерики. Дальше уже перебор будет. Не забыть, кстати, что сообщивший мне это дядя доктор в восприятии ребёнка убил их, то есть моих родителей, и переубедить меня в этом не выйдет, так что оставшиеся дни я ему испорчу. Так сказать, мал клоп, да вонюч. Отлично, значит, так и решили. Надо будет ещё с другими детьми пересечься да рассказать, что вот этот дяденька доктор родителей убивает. План вчерне готов, ибо запущенный слух начнёт циркулировать по отделениям, и от славы убийцы доктору не отделаться. Жалко ли мне его? Нет, конечно.

Сказано — сделано. Сначала за завтраком я со слезами на глазах рассказываю девочкам, что доктор убил моих родителей, чтобы отдать меня злой тётке с мясокомård — понятно зачем, и меня скоро увезут отсюда прямо на котлеты.

— Врёшь! — не верит какая-то девочка.

— Да он мне сам сказал! — абсолютно уверенно отвечаю я ей, и уже к обеду ревут все дети.

К ним приходят родители, а дети готовы на что угодно, лишь бы не оставаться в больнице. Родители же не все прислушиваются к детям... Но вот такая перемена поведения заставляет напрячься абсолютно всех, включая руководство больницы, поэтому... хм... Месть удалась!

Глава пятая

Так сказать, возвращение в родные пенаты. Ну, этот детский дом несколько более обшарпанный, чем мой «родной», ну так и года нынче какие. Три сотни никому на хрен не нужных детей, одинаковая одежда, одинаковое всё. Как в учебке — должны ходить строем и мести ломами пол. Не для чистоты, а для усталости, чтобы, значит, не скучали. В общем, ничего нового.

Сопровождающий мой, попытавшийся пнуть девочку, получил от этой девочки мгновенную карму, поэтому уехал в больницу. Споткнулся, потерял равновесие. Бывает. Даже он так считает, а я вот думаю, что идея, в целом, хорошая — каждого, кто хоть как-то посягнёт на меня, должны преследовать незаметные неудачи. То есть меня должны бояться без объяснения причин этого страха.

На мой взгляд, идея очень даже хорошая. Мне ещё Серёжу в этом месиве людском искать, а потом думать, как строить жизнь. А, точно, меня ж убить хотят! То есть мне нужен приличный нож, потому что нормальный ствол я в руках не удержу. Ну и есть ощущение такое... странное. Не скажу, что сказочное, но неприятное какое-то, будто позабыла чего.

— Твоя комната, — мне показывают на дверь. — Вещи уже там, на твой размер. Расписание — на двери.

— Спасибо, — тихо благодарю я, не поднимая глаз.

Вот оно! Моя комната! Такого не может быть даже теоретически! Спальня на двадцать коек — легко, а вот «моя комната»... Так, Мила, быстро думаем, для чего может понадобиться именно такой сеттинг? Кроме избиения и насилия... Думаем. Детский дом выглядит старым снаружи, но внутри его явно недавно ремонтировали. Комната довольно уютная, кровать, стол, шкаф. Тесноватая, конечно, но личная комната в детском доме — в эти бандитские годы?!

И тут меня пронизывает догадка, от которой волосы шевелятся на голове, потому что это действительно страшно. Не дай бог, я права — уходить придётся быстро, возможно, и с трупами, потому что новое моё тело на такое ещё не рассчитано. Отдельная комната для девочки с хорошо пригнанной дверью может быть нужна в том случае, если это бордель. То есть, если в эту комнату приезжают «гости», понятно для чего. И чем дольше я смотрю на всё, меня окружающее, тем более вероятной мне кажется именно эта идея. Ладно. Когда у нас приём пищи?

Я подхожу к расписанию на двери, отметив дополнительную прокладку — явно для звукоизоляции, вчитываюсь, бросаю взгляд на часы, висящие над дверью. Через пятнадцать минут обед. Очень хорошо, будем кушать, знакомиться и выяснять, права ли я. В темпе переодеваюсь, но к вещам внимательна — только платья, даже шорт нет. А вот среди трусов внезапно обнаруживаются стринги. Использовать их можно по-разному, но, скорее всего…

Столовая располагается на первом этаже. Там уже сидит некоторое количество детей за длинными столами. Нахожу глазами обозначение своей комнаты и подсаживаюсь к стайке девчонок. Две из них сидят наособицу — глаза ничего не выражают, всего боятся, жмутся друг к другу. Знаю я эти симптомы, их сейчас лучше не трогать, по крайней мере, не здесь.

— Привет, — здороваюсь я с выглядящей менее потерянно девочкой. — Меня Мила зовут, а тебя как?

— Т-таня, — заикнувшись, отвечает она. — Т-ты н-новенькая?

— Новенькая, — киваю в ответ, рассматривая собеседницу.

Ноги сжаты, да и вся она сжата, сидит неуверенно, елозит на стуле, возможно, побили. Глаза голубые, волосы светло-русые, очень красивая девочка, но какая-то запуганная, что ли. Значит, буду использовать свой опыт, чтобы разговорить. На самом деле, если оглядеться — часть девочек в таком же состоянии, часть — нет. С чем это связано, буду выяснять.

— Ты всегда заикалась? — спрашиваю я. — А если петь фразу, не помогает?

— Т-ты в но-номерах ж-же? — отвечает она вопросом на вопрос.

За это слово я цепляюсь, постепенно вытрясая информацию. Всё я правильно поняла — к кому-то приезжают именно в эти отдельные комнаты, в дочки-матери поиграть. Ну или делают то, для чего и используются такие вещи, или просто бьют, раздевают догола и избивают до потери сознания — игры, значит, такие. В общем, во всю ширь то, за что позже сажать будут очень надолго. Но сейчас у нас не позже, поэтому нужно позаботиться о себе. А как это сделать? Не знаю. Пока мысли только об убийстве.

Возвращаюсь я в комнату в глубочайшей задумчивости — идей просто никаких нет. Несмотря на то, что в форму я вхожу, но против одного-двух бугаев вообще никак не пляшу. Что делать? Эта мысль не даёт мне покоя: что может противопоставить в такой ситуации взрослым ребёнок? Почти ничего. Ни насилию, ни избиению противиться я не смогу, просто скрутят, и всё. Значит, ближний контакт надо разрывать.

По идее, меня должны сначала ломать... Или нет? Типа сюрприз изначально. Сижу, уроки делаю, а тут... Хм... какая ситуация более вероятна? Оружие нужно, вот что. Ладно, в школе посмотрим. Феню этих лет я знаю, специфический сленг тоже, да и не менялось многое — я имею в виду настоящую феню, а не язык молодёжи. То есть мне нужно пересечься с малолетними бандитами, чтобы выйти на смотрящего. Так, вспоминаем, кто из авторитетов уже улетел к предкам.

Возвращаюсь в комнату. Вроде тихо. Теперь надо слегка изменить стиль одежды, чтобы выглядеть немного иначе, а завтра уже и в школу. Значит так: я — не пай-девочка, а малолетняя бандитка, дочка недавно помершего, скажем, Буги. Я на него и внешне похожа, не настолько, но похожа. У зеркала потренируюсь, совсем похожа буду — жесты, характерная мимика, словечки.

Вылезаю из комнаты для того, чтобы спуститься на первый этаж. Насколько я помню, гулять воспитанникам не возбранялось, вот и посмотрим. Заодно проверим, насколько у меня получается с жестами, ну и — кто за детдомом приглядывает. Обязательно кто-то приглядывает, потому что при таком раскладе должны всех купить, да и школе хлебало заткнуть, чтобы учителя не обращали внимание на состояние детей.

Всё-таки, страшное нынче время, действительно, страшное. Мне в прежней жизни ещё очень, оказывается, с детским домом повезло. Попади я там в такое место —

и стала бы тенью... Ну а теперь тенями станут они. Ещё вопрос — как детей спасти, но его мы будем решать по ходу пьесы. Эх, Серёжу бы рядышком иметь, мы бы тут пустыню устроили вдвоём. Но Серёжи пока нет, да и я в этом детдоме первый день.

Надо всё-таки понять, где крыша. Потому что у крыши должен быть ствол.

Нечто подобное я слышала о таком месте, или фильм какой смотрела, в общем, что-то было, и решали вопрос кардинально. В моём случае — только выходить на бандитов, потому что... В общем, понятно почему. При этом как найти Серёжу? Сирота ли он? Если да, то задача практически не имеет решения, а если нет... Вторая половина девяностых, я — в какой-то глубокой дыре. Задача — не сдохнуть, найти Серёжу... И как-то сделать так, чтобы меня не сломали.

Менты тут, скорее всего, на корню купленные. А если нет? Сто-о-оп... Мысль в голову пришла, правда, как её осуществить, я пока не знаю, но подумаю. А пока иду в школу. На меня никто ни вечером, ни ночью не покушался, я выспалась и теперь направляюсь в школу. Топать мне километра три, по-моему, через полгорода. Конечно же, автобус — не для таких, как я, так что пешком. Ну, так и лучше, заодно зоны влияния пощупаю.

Есть ощущение лёгкой нереальности, как будто фильм смотрю. Причём чернушный такой, в тёмных тонах. Настроение, впрочем, боевое, а вот районной шпаны я почему-то не вижу, и в этом есть что-то неправильное. Должна быть... Если я правильно помню эти времена, хоть какой-то порядок был только в центре, а в такой дыре — чуть ли не беспредел.

— Гля, какая чикса пылит! — слышу издевательский голос.

Накаркала. Правда, «чикса» я только в его воображении, но ребёнка он бы напугал, это да. А я пуганая, поэтому сейчас кому-нибудь начищу то место, в которое он ест. Я останавливаюсь, поправив на плече школьную сумку, медленно разворачиваюсь. Трое, очень хорошо. Ну-ка, касатики, идите ко мне. Сейчас милая девочка вас бить будет. Наконец-то.

— Э-э, ты чего? — ошарашенно спрашивает явно вожак, видя мою улыбку. У шпаны вообще хорошо инстинкт самосохранения развит.

— Идите ко мне, — шиплю я, подражая удаву из мультфильма. — Бандерлоги.

— Ты эта... — пытается сформулировать он, а я уже близко. Моя улыбка становится шире, я поднимаю руку, а они... убегают. Я что, настолько страшная? Да не бывает такого!

— Иди, девочка, иди, мальчики пошутили, — раздаётся сзади.

Я оборачиваюсь и вижу как раз того, кого искала, — скорее всего, этот парень под двадцать лет из тех, кто район держит. Он-то мне и нужен.

— Я — Коса, — представляюсь ему. — Ты за смотрящего по району?

— Опаньки... — негромко произносит он. — Ты в школу? Давай тут после школы?

— Давай, — киваю я, не обращая внимания на отсутствие представления.

Иду дальше в школу, понимая, что пацан — обычная шестёрка, просто рангом повыше. А то, что не представился, так это норма — права не имеет, значит. Это хорошо, получается, одна стрелка у меня есть, теперь надо ещё посмотреть и выходить на смотрящего по городу. Разобраться с крышей, ну и объяснить, что мучить детей — это беспредел в любом варианте. Пришлось мне как-то разбираться со всей этой воровской терминологией. За взрослую не сойду, однако для ребёнка запаса уголовного арго должно хватить.

Странно, но по дороге в школу больше никто не встречается, да и людей вокруг какой-то нездоровый минимум. Бывало так или нет, сказать не могу, меня в это время на свете ещё не было, потому всё только по рассказам и знаю. Внимательно глядя по сторонам, подхожу к школе. Серое типовое здание. Серые типовые учителя, такие же дети... А нет, вот там кого-то бьют, то есть картины вполне привычные.

У меня четвёртый «А» класс, что уже необычно, но не моё это дело. «А» класс так «А» класс. Начальная школа — это тебе не хитросплетение военного законодательства, поэтому проблем не будет. Разве что с чистописанием... Меня в основном за почерк и гнобили, потому что был он всегда сильно так себе, ну а как сейчас — узнаем, наверное. Мне нужно сразу произвести впечатление, но помнить, что я не в Смольный поступать приехала, а в зверинец, где закон один, и это — закон джунглей.

Интересно, где этот «А» класс вообще расположен? По идее, должно быть расписание. И ещё — мне сразу в класс явиться или как? О! Военный идёт!

— Товарищ подполковник, разрешите обратиться? — фиксирую я внимание военного на себе. Ну, как военного? Был такой предмет — «начальная военная подготовка», а это, видимо, преподаватель.

На лице его удивление примерно третьей степени. Стойка у меня строевая, что нарабатывается опытом, которого у десятилетней девчонки быть не может. Довольно быстро отмерев, он берёт себя в руки.

— Обращайтесь, — кивает мне подпол.

— Ста... ученица Ершова, четвёртый «А», — представляюсь я, загоняя его в ступор. — В этой школе нахожусь впервые. Разрешите спросить: кому надо представляться и где этот класс находится?

— Охренеть, — совершенно искренне выдаёт офицер. — Вольно, следуйте за мной.

И куда-то меня ведёт за собой, я и иду, мне-то что? Подпола я, конечно, озадачила по самое не могу, но оно-то и неплохо — есть шанс, что станет союзником, союзники мне здесь нужны. И потом военный — это привычно, а привычно — это хорошо. Может, в училище пролезу... Они уже появились, интересно? Ладно, не в этом сейчас дело. А, вот куда он меня привёл! Ну, логично.

— Здравствуйте, товарищи, — здоровается военный, оставив меня у дверей.

— Ребёнка зачем привели? — интересуется какая-то пожилая учительница, с улыбкой взглянув на меня. — Не похожа на хулиганку.

— Новенькая, не знает, ни к кому обращаться, ни куда идти, — коротко объясняет подпол. — Четвёртый «А».

— Моя, значит, — кивает именно эта пожилая учительница. — Ты как сюда попала, девочка?

— Родителей убили, меня — в детдом, — коротко отвечаю я.

Знаю я таких тётенек, они очень опасные, главное, театр раскусывают с ходу, поэтому сейчас я не играю. Говорю кратко, по существу, стараясь даже интонациями из образа не выделяться. Учительница оценивает мой внешний вид, вздыхает. Всё она отлично понимает, только оценивает неверно. А, кстати, кто по званию тут старше — эта учительница или подпол?

— Пойдём, Мила, — кивает мне моя новая учительница. Значит, это была проверка? Или ей просто всё равно.

— Товарищ подполковник, разрешите идти? — играю я привычный театр, шокируя всех учителей скопом.

— Идите, — ошарашенно кивает военный.

Зачем я это сделала? Всё просто — я им запомнилась. Причём тут психология — они считают, что я привыкла к военным, а это значит, что рано или поздно сослуживцы родителя или родителей меня найдут и заберут. То есть при моём резком исчезновении никто не всполошится. Жаль, агентурную разведку нам не давали, как бы она сейчас пригодилась...

Глава шестая

Главное, не забывать, что это дети, а не стая волков, хотя ощущение именно такое — сверлящие меня тридцать пар глаз. В них и злость, и интерес, и равнодушие пока... Очень милые дети, конечно, но мне здесь учиться, поэтому я многообещающе оскаливаюсь. Кто-то понимает, кто-то — нет, кто-то отводит взгляд. Понятно, мажоров нет, лидера класса я определила, а девчонки — аморфная масса, что для начальной школы норма. Ну и хорошо. Проверки, конечно, будут, и не одна, но первый раунд за мной — не овца в класс пришла.

— Мила Ершова будет учиться с вами, — сообщает Рогнеда Николаевна, так зовут пожилую учительницу.

— Здравствуйте, — ровным голосом здороваюсь я.

— Садись, где тебе удобно, — говорит она мне.

Это тоже проверка — от того, где я сяду, будет зависеть её ко мне отношение. Итак, первые парты — для ботаников, последние — для хулиганов. Идеально было бы сесть в центре, но для моих планов это неудобно, потому сажусь у двери на первой пустой парте. Вообще-то, интересно, почему она пустая, но это неважно. Ибо за попытку нагадить бить я буду лидера, а он сам потом автора найдёт.

Рогнеда Николаевна удовлетворённо кивает. Для неё важна именно первая парта, а всё остальное она просто не считает важным. А вот кивнув, она начинает урок. Это математика, что само по себе тяжёлое испытание, потому что надо не выдать того факта, что я, вообще-то, могу и курс средней школы сдать, мне несложно. Не идеально, потому как есть позабывшиеся вещи, но могу.

— Две трети отрезка составляют восемнадцать дециметров, — диктует нам Рогнеда Николаевна. — Чему равен весь отрезок?

Интересно, кому-нибудь в жизни эти дециметры понадобились? Я не помню ни одного случая, чтобы где-то их использовала. Да ещё и задача легко решается в уме, впрочем, как и все задачи четвёртого класса. Сначала записываю ответ, потом спохватываюсь — и пишу решение. Интересно, что учительница не спрашивает, а просто подходит и заглядывает в тетрадки.

— В уме решила, — делает она простой вывод, на что я киваю. — Интересно, но молодец.

И идёт дальше, я же от нечего делать задумываюсь. Значит так: военрук слегка офигел, поэтому попытается хоть что-то разузнать о сиротке. Или не попытается, зависит от степени его интереса. Рогнеда Николаевна умненькой девочкой заинтересуется, потому что устный счёт в четвёртом классе — часто нонсенс. То есть тут есть вероятность олимпиад, а в случае победы — плюшки лично для неё. Физрука мы ещё очаруем, а есть ли тут уроки труда, я не помню.

На месте военрука я бы меня испытала, но возможностей у него немного, поэтому вариант только один — калаш. И вот тут есть нюанс, который мне позволит сильно выделиться, а там, глядишь, выделиться захочет и военрук, то есть будут какие-то поездки, возможно и в вэ-чэ, а в воинской части, если места знать, много чего свинтить можно. Ну и, ведомый выгодой, он может и под опеку взять, а это уже победа.

То есть начала я, в целом, положительно, а там посмотрим. Зависит от того, у кого как свербит. Если у военного свербит сильно, то автомат он мне сегодня подложит, если нет, то... прогнозирование недоступно. Рогнеда, в свою очередь, точно попробует выяснить, вундеркинд я или имеет место системное образование. Вундеркинд — это плохо, значит, изображаем системное образование.

Следующий урок у нас английский. Учитывая год и дыру, сейчас будет выступление Алисы из хорошо известного всем фильма, потому что языком вероятного противника я владею свободно, это вообще-то норма, учитывая, из какой части я сюда провалилась. Другой вопрос — как детская память вместила все мои знания? С точки зрения «почти врача», это мало реалистично, детский мозг — это детский мозг, но вот получается, знания сохранились. Или тут загадка какая, или ведьмы — народ хитрый.

Звенит звонок, и класс погружается в тонкости произношения того, что читать необязательно вообще. Я умираю от скуки, но меня не спрашивают. Почерк у меня, кстати, получше, чем был раньше, хоть что-то хорошо. Одноклассники ко мне только приглядываются, но пока не дёргаются, я инициативы тоже не проявляю, мало ли. В данном случае первый шаг должен совершить противник и раскрыться, а мы его — в мягкое брюшко.

После уроков оказывается, что свербит у военрука, что уже интересно, потому что мотив должен быть, а я его не вижу. Военный подходит ко мне и просит следовать за собой. Я следую, мне не жалко, а пузо потерпит. И дольше голодали, а тут мне интересно, что он придумал, да к тому же меня не спрашивают. Заводит он меня в кабинет начальной военной подготовки, чего я, собственно, ожидаю.

— Посиди здесь, я сейчас, — говорит мне военный, отправляясь в подсобку.

Таки за автоматом пошёл. Точнее, за масс-габаритной моделью, которую можно разбирать, но нельзя стрелять. Это логично, поэтому я буду военному показывать цирк. Мы этот цирк на смотрах показывали, типа «даже военюрист...», ну и так далее, показуха армейская обыкновенная. Действительно, приносит весло калаша, кладёт на стол.

— Справитесь со сборкой-разборкой? — интересуется военрук.

— Так точно, — отвечаю ему. — А платок есть, глаза завязать?

— Глаза завязать? — удивляется он, но чёрную тряпку находит, завязывает мне глаза и молчит.

— Готова, — сообщаю ему.

— Начали, — командует он, а мои пальчики привычно уже поворачивают, отстёгивают, вынимают, поворачивают...

— Упражнение закончила, — сообщаю ему, собрав и положив масс-габаритку на место.

Военрук характеризует увиденное. Матерно, но словарь бедноват, видно отсутствие практики. В любом случае, он поражён, потому что видит такое впервые в жизни. Эх, жаль, не война сейчас, напросилась бы воспитанницей в часть, всяко проще было бы. Ну, пока офицер удивляется, я думаю о том, как бы ему намекнуть меня отпустить. Но до него доходит и так, поэтому я спокойно прощаюсь и ухожу. Надеюсь, он решится поделиться с коллегами, и история будет иметь продолжение. А мне пора на стрелку.

Потому что работать всегда лучше с нескольких точек, это любой снайпер подтвердит. Именно поэтому я и тороплюсь в направлении того места, где стрелку забила. Очень мне важно выйти на тех, кто город держит, ради выяснения, с чего вдруг они ударились в беспредел. А вот если они не в курсе творящегося, вот тогда начнётся самый цимес.

— Чего хотела-то? — спрашивает меня высокий чернявый цыганского вида парень.

Как я и ожидала, на стрелку пришёл совсем не тот же, с кем я уговаривалась о встрече. Вопрос его и сложен, и прост одновременно, поэтому мне предстоит сначала подавить его богатством лексикона и только потом выдать причины встречи. Детдом, в принципе, на их районе стоит, но что-то мне подсказывает, что лучше эту тему поднимать только с вышестоящими бандитами, потому как происходящее — явно не их забота. Формальная причина встречи со смотрящим — представление, насколько я помню, в эти годы вполне ещё проходила.

Глубокая жо... захолустье — это не центр, где структура чёткая, и смотрящий, как ему положено — «законник». Здесь структуры почти что и нет, а воры, следящие за порядком, — это просто люди, понимающие: если что — их тут и накромсают, потому что наколки от пули не защищают. Вот на этом я и попробую сыграть.

Объяснив пареньку, что я девица столичная, прошу встречи с нужным человеком. Он меня внимательно выслушивает, делает кому-то знак, и начинается форменное кино. Рядом со мной тормозит наглухо затонированный «крузак», откуда выскакивают «братаны» с целью меня схватить. Начинаем танцевальную программу. Некоторое время я от них уворачиваюсь, пока сидящему внутри не надоедает.

— Хватит, — командует он.

— Ну во-о-от! — голосом с подчёркнуто обиженными интонациями реагирую я на его слова. — А так весело играли, как с папиными...

Всё, главное сказано, со мной готовы разговаривать. Спокойно усаживаюсь в машину, так же спокойно здороваюсь, отметив, что мужик напротив меня — не «бык» без мозгов, а обладатель довольно умного взгляда. Он внимательно смотрит за тем, как я усаживаюсь, а потом просто поднимает на меня вопрошающий взгляд.

— Бордель с малолетками — это беспредел, — спокойно сообщаю ему я. — Как и...

Меня прерывают, жёстким голосом требуя подробностей. О, ребята, я столько сводок читала, вы себе и не представляете! Поэтому начинаю рассказывать вещи, которые хоть и не происходят прямо сейчас, но и проверить это невозможно. Меня очень внимательно слушают, из чего я делаю логичный вывод: не был он в курсе того, что на его земле творится, не был. Значит, сейчас будут интересные последствия, ибо это — не угрозыск, эти люди долго ждать, чтобы взять на горячем, не будут. А если проигнорирует, то станет соучастником, то есть замажется так, что ему никуда отсюда хода не будет.

И всё-таки кажется мне, что я в свою же историю попала. Знаний о девяностых у меня не так чтобы много, а ситуация выглядит так, как будто малолетку слушают серьёзные дяди, причём действительно слушают. Насколько вероятно такое в реальности? Трудно сказать, не разбираюсь я в девяностых на таком уровне. А кто бы разбирался... Ладно, даже если я в своей же недописанной книге, всё равно надо как-то жить. Это, кстати, может быть альтернативная реальность, в которой всё было именно так, а не иначе. Так сказать, альтернативная история бандитизма на Руси. Потому как выглядит то, что происходит, совсем уж нереально.

«Смотрящий» хватает «кирпич» мобилы, выдёргивает антенну и кого-то набирает, требуя «тряхнуть детдом» и «забить стрелку». Если я всё правильно понимаю, то психически нормальный человек вроде меня должен сейчас от места обитания держаться подальше, потому что бандитские разборки — это не смешно.

Учитывая, что всё общение идёт матом, то бандиты у нас тут — так себе. Хотя чего я ожидала от глубокой дыры?

— Детдомом сейчас займутся, — так же матерно объясняет мне бандит. — Но тебе пока туда не надо, поехали ко мне.

— Как скажешь, дядя, — покладисто соглашаюсь я.

Он прав, на самом деле детей на волне разборок и поубивать вполне могут, но тут я ничего сделать не могу, и так уже сделала больше, чем вообще было возможно, поэтому покоряюсь судьбе. Если я всё правильно о нём поняла, то сначала он поедет в ресторан, а потом уже домой. Принимает он меня, слава богу, за ребёнка, так что приставать не будет, а бить ему меня «не по понятиям», я показала себя с очень определённой стороны. Значит, просто телевизор покажет да спать уложит. Меня это устраивает. В ресторане надо себя показать, это важно — ну да не проблема, ибо я, чай, не кобыла неотёсанная, я много чего знаю.

Интересно, какие выводы сделает военрук и захочет ли он мной похвастаться. Хорошо бы, чтобы захотел, но шансы — так на так. Пока буду держаться бандитов, ещё года два можно, а потом придёт наш всенародно избранный и объяснит всем, как именно надо поступать с бандитами. Быть той, кого в горячке кончат, мне не хочется, поэтому два года максимум. Ну, в любом случае передышка.

Правильно я всё понимаю — к ресторану подъезжаем.

Сейчас будет ещё одна проверка — халявой. Если девка я обычная, несмотря на возраст, то правильно выстроить меню не смогу, а если действительно та, за кого себя выдаю... Но правильный заказ — это полбеды. Я ребёнок, нужно разбираться с напитками. Вино заменяется соком, но и сочетать надо правильно, ибо бандит в этом не разбирается, зато отлично разбирается метрдотель, так что если ошибусь — будет нехорошо, тут не компьютерная игра, второй жизни нет — зафиксируют и душу вытрясут.

— Пойдём, перекусим чего-нибудь, — предлагает мне местный «шеф». — Можешь звать меня дядей Сашей.

— Меня тогда Милой звать можно, — формально представляюсь я.

Тоже нюанс — он представился «по-домашнему», значит, и мне в ответ так надо. Это элементарная вежливость, а в бандитской среде она играет очень большую роль, особенно в стране, где бардак. А у нас бардак, и пока с ним ничего не поделаешь. Это я знаю, что через два года этот бардак на ноль прикрутят, а им-то откуда это знать?

Ресторан хороший, даже очень — это видно и по персоналу, и по тому, как дядю Сашу встречает метрдотель. Перемигивание их я уловила, что же, приятно не ошибаться в оценке ситуации. По закону жанра меня проводят к столу, дядя Саша усаживается, выжидательно глядя на меня, а передо мной ложится меню. Ну, бой так бой, что тут у нас?

Открываю меню... Да, это будет сложнее, чем я

думала, потому что хочучки детского организма стоит прикрутить, а мои движения должны выглядеть привычными. То есть метрдотель должен увидеть девочку, привычную к ресторанам такого класса. Это и есть основная проверка. Ну, поехали...

Глава седьмая

В конце экзамена... то есть обеда к столу подходит метрдотель. Оценки, значит, озвучивать будет. Я откладываю ложечку, которой только что ела десерт, принимаю позу внимания и готовлюсь получать замечания. Метрдотель мне очень по-доброму улыбается, я ему отвечаю тем же.

— Что скажешь, друг мой? — интересуется дядя Саша.

— Девочка в детдомовском платье, — начинает говорить метрдотель. — Отлично воспитана, поморщилась на орфографическую ошибку в названии. Отлично подобрала напитки к блюдам, когда официант ошибся в столовых приборах — спрятала руки под стол. Значит, была как минимум гувернантка — они любят бить по рукам. Ест аккуратно, столовые приборы знает, в ресторане ей привычно.

— То есть отлично воспитана, — кивает ему дядя Саша. — Это логично, спасибо, дружище.

Метрдотель удаляется, я возвращаюсь к десерту, а бандит местный меня внимательно разглядывает. Он только что услышал нечто, подтверждающее факт того, что я из очень приличной семьи, то есть в его понимании меня в дом брать безопасно. Ну, посмотрим, что в результате решит, а пока он расплачивается и приглашает меня на выход. Сейчас домой повезёт, будет наблюдать меня в условиях, когда даже переодеться не во что. Тоже задачка, но тут всё просто — чистота важнее одетости, а десятилетка даже без трусов нормального человека возбудить неспособна.

— Сейчас поедем ко мне, — объясняет мне дядя Саша. — Телек посмотришь, отдохнёшь.

— Спасибо, — киваю я, продолжая изображать пай-девочку.

Ему кажется, что он всё понимает: наглой я была от страха, ну и чтобы выжить, в его понимании это правильно. Ну, по крайней мере, я думаю, что он понимает именно так — внешние признаки соответствуют. То есть сейчас он понаблюдает меня в домашней обстановке, а затем сделает предложение. Ну, или не сделает. Но я думаю, что сделает, потому что, кажется, книжка всё-таки моя. Хотя сказать, так ли всё в тех девяностых было или нет, я не могу — не родилась ещё тогда, но как-то мне кажется, всё слишком мягко происходит.

За тонированным окном пролетают деревья, а я впервые чувствую себя хоть в какой-то безопасности. Звонит «кирпич» дяди Саши, он берёт трубку, а я задумываюсь о водителе — никакого ведь интереса в глазах, просто функция, и всё. Что-то в речи моего «благодетеля» меня цепляет, я прислушиваюсь.

Если вычленить слова из сплошного потока мата и уголовного арго, то относительно подпольного борделя на базе детдома всё подтверждается, да ещё и сверх того — видео и фотоматериалы нашли, потому эту лавочку прикрывают методом закатывания в бетон, а детей просто передают по этапу, в смысле по другим городам. Так что возвращаться мне некуда. Новость эта, конечно, так себе, потому что сейчас я завишу от доброй воли этого самого дяди Саши. Военные по нынешним временам меня к себе возьмут сильно вряд ли, они сами впроголодь живут. Так что вариантов немного — придётся цепляться за преступный мир, как бы его ни называли потом.

Тормозим. Не поняла. Это, по-моему, торговый центр, а не дом, что он задумал, этот дядя Саша?

— На тебе сто баксов, — протягивает мне деньги местный «благодетель». — Купи себе чего-нибудь.

— В обменку пошлют, — предупреждаю я. — Деревянных нет?

— Есть, как не быть, — хмыкает он, протягивая мне пачку, но доллары не отбирает. — Оставь себе.

— Спасибо, — благодарю его я. От денег отказываться может только дура, а я не дура, по-моему, несмотря на мнение Смерти.

Дядя Саша вылезает из машины, сопровождая меня. Уровня современных цен я не знаю, поэтому разделяю по приоритетам — трусы, носки, одежда удобная, ну а если чего останется — то и посмотрим. Поэтому я начинаю быстро носиться по отделам, ибо мужчины — народ нетерпеливый и шоппинг переносят с трудом, а у меня одежды — только та, что на мне.

В принципе, мне всё понятно — дядя Саша решил поиграть в папочку. Значит, будет пытаться воспитывать в своём понимании этого процесса. Не самое приятное открытие, честно говоря, значит, надо просто не давать повода, потому что против силовых методов воспитания я возражаю. Еду готовить я умею, хотя такие питаются, в основном, из ресторанов, ну и выкрутимся рано или поздно.

Уложившись в сумму, «на сдачу» леденец на палочке беру. Во-первых, я ребёнок, и это надо подчёркивать, во-вторых, хорошо заменяет сигарету, которую мне рано, хоть я и не курила. Однажды попробовала в детдоме — поймали и отлупили так, что я встать смогла только на второй день. Кажется, возвращается время, когда меня будут «воспитывать» именно такими способами. Ладно, прорвёмся.

Ну, судя по тому, как мы паркуемся, это и есть дом, милый дом. В общем-то, других толкований и объяснений существования этой виллы быть не может. Ну и хорошо, что место уединённое, соседей нет, можно будет хоть немного расслабиться.

— Я сейчас отправлюсь по делам, а ты ни в чём себе не отказывай, — хмыкает дядя Саша. — Пойдём, с горничной познакомлю.

— Да, дядя Саша, — скромно киваю я, с грустью думая о том, что придётся показывать зубы, чтобы мною не слишком командовали, потому что прислуга тоже имеет свою табель о рангах.

Заходим в дом, нас встречает эта самая прислуга, но я вижу, что женщин несколько. Кто из них горничная? За нами водитель вносит сумки с моими новыми вещами, удостаиваясь кивка дяди Саши. Женщины с интересом смотрят на нас, я разглядываю их.

— Я беру в дом девочку на роль воспитанницы, — сообщает им дядя Саша. — Она недавно потеряла родных, поэтому я прошу проявить такт.

То есть он меня решил насовсем взять? Это интересно, но маловероятно. Скорее всего, сказано это больше для меня самой — чтобы расслабилась. Как только у него постоянная подруга появится — вмиг вылечу отсюда, и хорошо, если в приличное место. И я это понимаю, конечно, потому что веру в чудеса у меня ещё в первый раз в детдоме отбили. Ну а пока что... Пока действительно можно чуть-чуть расслабиться.

Дядя Саша уходит, оставляя меня наедине с этими женщинами. Что у них на уме, я не знаю, поэтому делаю книксен, как на бальных танцах учили, и замираю, не зная, куда идти дальше. Пожилая женщина, дотоле внимательно меня разглядывавшая, вздыхает.

— Пойдём со мной, — приглашает она меня.

Я киваю, потянувшись за сумками, но женщина качает головой. Понятно, сначала экскурсия. Что же, это правильно — когда экскурсия, а потом можно будет и помыться. Главное сейчас — угадать психологический тип дамы и вызвать у неё нужные мне чувства.

Дама спокойная и равнодушная. Пытается командовать, но быстро передумывает, потому что я и не таких видала. Значит, проверить пыталась, ну и дура. Перед ней ребёнок, а она пытается самоутвердиться — как это называется? Правильно. Комнату мне показывают, в ней свой санузел, значит, гостевая, а не детская. В любом случае, я не гордая — и в обычной ванной полежу, без джакузи. Ну да, в первую очередь помыться и переодеться в приличное, а не сиротское.

Итак, дядя Саша объявил, что взял воспитанницу, значит, некоторое время, пока ему не надоест, я могу пожить здесь. То есть базовая задача — вырваться из детдома — выполнена. Дальше — бой покажет. Будет ли военрук жевать сопли — неизвестно, то есть пока в сторону откладываем. Где Серёжа, мне не ведомо, тоже пока в сторону, очень уж динамичный день был.

За окном вечер, хочется просто уснуть, но нельзя — надо сделать уроки. Стол здесь есть, поэтому вылезаю из ванной, сушу волосы, одеваюсь во всё новое, но и старое выкидывать — мысль плохая. Стиральной машины я не вижу, а вот корзину для грязного — как раз да, поэтому сиротское отправляется туда. Кто знает, когда понадобится, поэтому и не выкидываю.

Сажусь за уроки — математика, русский, английский, вроде ничего не забыла. Самые нудные — это языки, потому что писать нужно, а рука к такому непривычна. Но за час справляюсь, чувствуя уже невозможную просто усталость. Ожидаемо дяди Саши нет, поэтому ждать его нет и смысла — мне надо отдохнуть, потому что детский организм подобные вещи — с недосыпом — не любит.

Укладываюсь в кровать... Мя-я-ягонькая, удо-о-обненькая, счастье просто, а не кровать. Надеюсь, этот дядя Саша лупить не до обморока будет, а то детский дом лучше, я его просто убью, и всё. С такими кровожадными мыслями я и засыпаю. День действительно был очень непростым, даже более того, поэтому отдохнуть мне надо. Хорошо бы, чтобы Серёжа приснился...

Снится мне урок, на котором меня правильно стоять, ходить и приседать учат. Не учебка, а зал какой-то, навскидку — бальный. Ну вот два учителя реют коршунами вокруг меня, учат ножку ставить, значит. А если не выходит, то больно стимулируют длинными тонкими палками какими-то и, кажется, молниями.

— Ваше Высочество, левую ножку вперёд, — командует один, и тут же мне в задницу молния прилетает.

— Ай! За что?! — больно мне, вот и подпрыгиваю аж от такого воспитания.

— Спину не сгибайте, Ваше Высочество, — комментирует второй.

— Как вы мне надоели! — в сердцах восклицаю я, вытягивая вперёд руку. Ого, я такое умею? А как это получилось?

— Милалика! — слышу я восклицание. — Не смей проклинать учителей!

Я оборачиваюсь, а там мужчина такой, представительный, в короне. Возмущён он тем, что видит, потому рассказывает мне, что царевне можно, что нельзя, и берёзовой кашей угрожает, отчего я сразу закрываю тыл руками. Батюшка, видимо, значит, действительно может, а что такое берёзовая каша, я ещё в прошлом детдоме хорошо изучила, была у нас любительница... Приходится подчиниться.

— Медленно, величаво вы идёте вперёд, Ваше Высочество, — пытка продолжается.

Вот не знала, что царевнам, оказывается, так грустно жилось. И продолжается эта дрессировка, кажется, бесконечно. Жестокие учителя болью добиваются полного автоматизма движений — и ходьбы, и приветствия, и даже танца. На карате меня так не гоняли, хоть и помогает мне изученное когда-то, но не сильно. Царевне неуместно, значит. А о том, что я царевна, Смерть упоминала...

— А теперь изящный поворот, — комментирует тот, что справа.

Я поворачиваюсь и вся сжимаюсь, но учитель хвалит, позволяя сделать паузу. Я уже радостно бегу к столу, на котором напитки расставлены, но звучит противный свист, задницу будто в огонь суют, и я взрываюсь. Прыгаю в сторону какой-то двери, ведущей, как оказывается, в кладовую, запираюсь, падаю на многострадальное место и реву. Мне здесь не так много лет, чтобы слёз стыдиться, к тому же я знаю, что меня никто не видит сейчас.

Дверь дрожит и вдруг медленно открывается. Никак стражу позвали, ироды? Как же они мне надоели! Я поднимаю взгляд, чтобы встретить свою судьбу, потому что знаю, что мне за это будет, но вдруг оказываюсь в объятиях какой-то очень волшебной женщины.

— Да вы ополоумели! — бушует она, закрывая меня ото всех. — Да я вас сейчас!

— Дорогая, но... — делает батюшка стратегическую ошибку.

Всё, матушка видит цель. Хана царю, насколько я осознаю диспозицию, потому что её кровиночку обидели. А кто в этом виноват? Правильно! Интересно, мне кажется, или мамочка как-то колдует?

— Все вон! — командует она. — Ну-ка иди сюда, ирод коронованный, я тебе сейчас...

— Мамочка... — прижимаюсь я к ней, отчего у царицы появляется логическая дилемма — успокоить ребёнка или дать подарков мужу. Царь быстро исчезает, поэтому дальше занимаются мной.

Картина меняется, теперь меня учит мамочка. Она не делает больно, добиваясь всего своим примером и лаской. И у меня получается раз за разом всё лучше, отчего я и сама улыбаюсь, понимая это. А мама обнимает меня, рассказывая, какая я умница, и от этого хочется улыбаться ещё больше, потому что я счастлива. Ведь это мама же...

Я просыпаюсь вся в слезах, не понимая, отчего мне сон такой приснился, но при этом вспоминаю мамино лицо, лицо женщины, которой у меня никогда не было и не будет, её тёплые руки, её ласку, и так мне не хочется возвращаться в этот мир, просто слов нет! Но на часах семь утра, надо вставать, умываться, одеваться и двигать в школу. Пожрать бы ещё...

Я выхожу из комнаты в поисках кухни. Встретив по дороге девушку помоложе, просто рефлекторно здороваюсь, скопировав сон. То есть Высочество царственно приветствует подданную, поинтересовавшись, где тут можно потрапезничать, и не будет ли кто-нибудь любезен отвезти её в школу. Девушка застывает столбом, пытаясь осознать, что она в данный момент видит. Я изволю ожидать.

— Следуйте за мной, — не очень уверенно говорит прислуга, куда-то направляясь.

Кажется, меня сейчас покормят, а затем, скорей всего, отвезут. Очень хорошая новость, на мой взгляд. А шокированная девушка мне нравится вдвойне, потому что я — ребёнок, и я люблю играть, пусть даже и так. Но получилось забавно, хоть и вышло всё просто на волне сна, то есть рефлекторно.

Глава восьмая

Пока еду в школу на шикарном «пажеро», думаю о том, что немного стабильности всё же не помешало бы. Но хрен мне, насколько я понимаю. Богатый дом — это, конечно, круто, но сильно зависит от настроения дяди Саши. Кто знает, что ему в голову придёт? Насильничать не будет, но избить вполне может, хоть бы и «для профилактики». Да и потерять интерес к «игрушке» тоже.

Сон всё из головы не идёт, потому что у царевны Милалики в нём была мама. Господи, мама! Просто плакать хочется, но нельзя. Кстати, о плакать: водила поделился, что хозяин его на стрелку с утра ускакал, а закончиться она может, кстати, чем угодно, поэтому мне срочно нужен план «Б». Даже очень нужен, потому что детдом не просто так существовал, так что вряд ли залётные просто так утрутся. А если не утрутся, то возможен передел власти.

Автомобиль паркуется у школы, я вылезаю наружу. Сама я в штанах типа «джинсы» — так драться удобнее, курточка, берет на голове — всё по погоде. Водитель сообщает о том, во сколько будет меня ждать, и сматывается, а я спокойно иду шокировать класс изменением гардероба. Дети такие вещи просекают вмиг, поэтому посмотрим на эффект.

— Ершова! — слышу я знакомый голос военрука.

— Здравия желаю, товарищ подполковник! — здороваюсь я.

Сегодня на голове берет, по десантному надетый, потому голова уже не пустая, то есть воинское приветствие в полном объёме, что подполу нравится. Вот кто моего нового прикида совсем не замечает. Для него одежда может быть или военной, или нет. Он подходит ко мне пообщаться, значит, но звенит первый звонок, поэтому офицер просит меня подойти к учительской после уроков. Я, конечно же, соглашаюсь, ведь послушать, чего звал, мне надо. Ну а пока можно и на уроки.

Класс ожидаемо удивляется, но не слишком. Такое ощущение, что им всё равно, то есть — совершенно. Может ли такое быть? Трудно сказать, потому что мало ли как здесь информация ходит. Во время урока слышу несколько раз звуки, отдалённо похожие на звуки боя, что меня напрягает неимоверно, потому что если дело дошло до выстрелов, то мало никому не будет. Даже и не знаю, где сейчас безопаснее, и ещё же меня так и не достали, даже, пожалуй, серьёзной попытки не было.

Уроки тянутся один за другим, желающих почесать о меня кулаки нет, что тоже не очень обычно, но бывает, отчего же не бывать... Но вот гложет меня нехорошее ощущение какое-то — как *тогда*, когда я к тёте Смерти отправилась. Не враждебный взгляд, а вот само ощущение надвигающегося чего-то злого, нехорошего. От этого я нервничаю, но не происходит ничего, поэтому чуть расслабляюсь.

После уроков подхожу к военному нашему. Интересно мне, что он сказать хочет, хотя я подозреваю — или расспросить, или в гости пригласить. Идея «в гости» мне кажется интересной. Даже очень интересной, поэтому я собираюсь слушать внимательно и подтолкнуть к ней, если такая возможность будет. Что же происходит? Почему я почти в боевой режим перешла?

— Я хочу вам предложить съездить в одно место, — с ходу начинает подпол. Ого, как его припёрло-то!

— Я согласна, только мне предупредить надо, — отвечаю ему. — Разрешите?

— Конечно, — кивает он, — идите.

Я выхожу из школы, и вот тут как раз чувствую враждебный взгляд. Как будто меня в прицел рассматривают. Для самоуспокоения шепчу заговор для отвода глаз — он рифмованный, хорошо успокаивает. Ощущение взгляда исчезает, заставив меня остановиться, хотя только что я целеустремлённо шла к «пажеро». Получается, работает заговор-то? Интересно, как это происходит технически? Додумать мысль не успеваю, рефлекторно оказавшись на земле — «пажеро» взлетает на воздух, причём ощущение, что чуть ли не килограмм пластида туда воткнули. Столько небронированной машине не нужно, разве что есть желание уничтожить тела. Меня пробивает потом — это ведь в меня целили! Уничтожить моё тело — и Смерти придётся начинать сначала!

Быстро отползаю назад, просто очень быстро. По-пластунски, но как ящерка — бегом, чтобы спрятаться в школе. Остатки машины продолжают падать, я стою у входа, переводя дух, и тут вдруг подлетает вполне узнаваемый «бардак», а за ним и бэ-тэ-эр, из которого высыпают люди — разглядывать, значит.

— Тебя хотели убить, — замечает голос подпола совсем рядом. — Интересно, почему?

— Хотела бы я это знать, — вздыхаю я. — Но пока никак...

— Ладно, там разберёмся, — решительно говорит офицер. — Пойдём на машинке кататься.

— На «бардаке»? — интересуюсь я, двинувшись в указанном направлении.

— На нём, — соглашается со мной подполковник. — На нём... Интересная ты девочка, Ершова.

— Обычная, — пожимаю я плечами, беря себя под жёсткий контроль.

Потом поплачу, а пока от меня опять ничего не зависит, и это раздражает просто до бешенства. С другой стороны, появись я чуть раньше и успей дойти до машины — тётя Смерть опять ругала бы царевну Милалику, а так потанцуем ещё. Может, хоть у военных будет безопаснее, хоть ночь переночую, а там буду думать, что делать и «куды бечь».

Дохожу до «бардака», меня никто особо не замечает. Привычно взлетаю наверх, чтобы опуститься на место стрелка. Башня у него необитаемая, но место есть, куда же без него. Так вот, падаю я в сиденье стрелка, рукой нащупываю джойстик и приникаю к оптике, пытаясь найти того, кто взорвал. Удача мне улыбается, я вижу хвостовые огни уезжающих машин. Понятно всё...

Не знаю, кто и что предложил дяде Саше, что он своего шофёра не пожалел, но от места отъезжает именно его машина. То есть он меня предал. Обидно на самом деле, просто до слёз обидно, но ожидаемо. Подкупить бандита довольно просто — деньги, услуги, ну или напугать так, чтобы боялся хрюкнуть. Вот бандит меня и слил. Кстати, отсюда я его достаю ещё, но делать этого не буду — умерла так умерла.

— Это тебя так весело в небо отправили? — слышу я голос.

— Слили, похоже, — киваю я в ответ, не отрываясь от оптики. — Шапки на мой размер не найдётся?

— Ша-а-апки... — тянет голос.

Я работаю по привычке в боевом режиме, то есть держу окрестности, при этом пулемёт смотрит туда же, куда мои глаза. Всякие горячие точки очень хорошо учат внимательно следить за обстановкой и не отвлекаться. Ну, тех учат, кому жить нравится, конечно. А шлемофон «шапкой» называют немногие, поэтому я опять засвечиваюсь как знакомая с терминологией.

— Здесь Мила, — привычно отжав тангету, сообщаю я. — Засада на два часа.

— Это наша засада, — отвечает мне голос командира. — Молодец, Мила.

Шлемофон на мой размер нашёлся, что говорит о том, что военные подготовились. На мой вопрос о позывных махнули рукой, потому я использую привычный, с именем моим совпадающий. Мы едем уже третий час, всё это время я сижу на месте стрелка, внимательно разглядывая окрестности. За это время идентифицировала две милицейские засады и одну военную. Военная оказывается нашей, поэтому я спокойно отворачиваю башню от них.

Как-то они мне слишком быстро доверились. Это необычно, а для военных — так и ненормально, но тем не менее. Кстати, старлей, командир машины — воин-интернационалист, это заметно не только по наградам, но и по некоторым повадкам. Вот почему он мне поверил и доверил пулемёт — это вопрос, ответа на который я не знаю. Едем мы, судя по всему, в военный городок, хотя мне больше кажется, что на военную базу, причём совсем непростую, учитывая, как мы по лесным дорогам пробираемся.

Переговоры я слушаю, при этом ничем они от привычных мне на марше не отличаются, а ведь на дворе у нас нынче Чечня, насколько я помню, только никак не соображу — первая или вторая, но это не суть важно, а вот боевой офицер в тылу — это интересно. Даже, пожалуй, слишком интересно. Но я молчу, всё, что мне необходимо знать, мне и так расскажут. Правда, я не жрамши, и организм категорически против этого факта. Ещё час езды — и попрошу хоть галету из эн-зэ, а то голова закружится. Непривычен этот организм к нарушению режима питания.

Получается, что я права, кстати. Убеждаюсь в этом через час, когда прямо посреди леса возникают зелёные ворота с красными звёздами на них. Вот что интересно — подпол с нами не поехал, просто сдал меня с рук на руки и распрощался. Что происходит, интересно? Совсем ничего не понимаю. Такого просто не может быть, потому что не может, и всё. Мы навскидку километров двести проехали, может, больше. И вот эти двести километров они ехали специально за мной?

— Из машины! — звучит команда.

Я дёргаю шлемофон из разъёма и покидаю машину прямо в нём. Привычка — вторая натура, ничего с ней не сделаешь. Оказавшись рядом с машиной, принимаю стойку «смирно» телом, а лицом — как по уставу Петра Великого положено. Стою, жду команды.

— Мила! — зовёт меня командир машины. — За мной!

— Есть! — реагирую я, двинувшись, куда показано.

Мы тормознулись на пороге парка практически, а ведут меня в направлении штаба, ну и контрразведка там же быть должна. Но вот контрразведка, допрашивающая десятилетнего ребёнка... Не гестапо, чай, так что сильно вряд ли. Мой желудок выдаёт звонкую трель, до старлея что-то доходит, потому он разворачивается на месте, направляясь в другую сторону. Я спешу за ним, потому что подозреваю, что там покормят. Так и есть — мы заходим в столовую.

— Баб Маша! — зовёт кого-то офицер. — Ребёнка есть чем покормить?

— Ребёнка? — удивляется женский голос. — Бог мой, худющая-то! Сейчас борщика нальём, две минутки, деточка.

— Садись, — улыбается мне старший лейтенант. — Баба Маша добрая, не пугайся её.

— Пока не бьют — бояться нечего, — вздыхаю я. — Товарищ старший лейтенант, а что дальше?

— Тут — не знаю, — качает он головой. — Сказано было только доставить.

Тут появляется дородная женщина с доброй улыбкой. Она несёт, кажется, огромную тарелку с борщом. И такая ностальгия меня берёт, что слёзы сами на глазах выступают. А она, кажется, всё понимает, ставит передо мной борщ, пододвигает поближе тарелку с нарезанным хлебом.

— Кушай, деточка, кушай, — вздыхает баба Маша, погладив меня по голове. И вот тут я понимаю, что жизнь у моего тела была совершенно грустной, потому что я тянусь за её рукой, тянусь, желая ещё ласки. Ну... ну пожалуйста!

— Серёжа, — с опасными интонациями произносит женщина. — Ты там скажи — обидят если сиротинушку, из сортира месяц не вылезут, никакой доктор не поможет!

— Так точно, баб Маша, — ошарашенно отвечает ей старлей, а я вздрагиваю.

Эх, Серёженька, где же ты, родной? Где искать тебя? Сил уже нет почти, так хочу тебя обнять... Думаю так, а сама ем прекраснейший армейский борщ, вкус которого не спутаешь совершенно ни с чем. Просто ностальгия, как будто снова я среди ребят, а Гром смотрит на меня с ласковой улыбкой.

Баба Маша садится рядом и поглаживает по голове, отчего я никак не могу взять себя в руки. Она пожилая, вполне могла и войну застать, ну, ту войну. И вот она меня поглаживает, а я ем.

— Знаешь, Серёжа, — вдруг говорит она. — Ты мне можешь не верить, но девочка на дитя войны похожа... Вот помню в сорок третьем был у нас на батарее воспитанник, вот похоже и реагировал. Наверное, и стрелять умеет, и кушает, как будто в армии выросла, а есть в ней эта внутренняя тоска, Серёжа. Ты там спроси, если что, я её возьму.

— Я спрошу, баб Маша, — кивает старший лейтенант, моментально посерьёзнев. — Я спрошу, только, думается, наши девчонки за неё передерутся.

— Ничего, главное, чтобы тепло было, — произносит повариха. — Да, моя хорошая? — ласково обращается она ко мне, а я в ответ только тихо всхлипываю.

Я ребёнок же... Тело детское диктует свои правила. И вот по его правилам эта ласка, эти ласковые слова, это тепло — оно мне так нужно, так желанно, что я сейчас расплачусь. Почти не могу сдержать себя, даже ложка дрожит в руке, а баба Маша вдруг обнимает меня, разворачивает к себе и прижимает к груди. Ровно за мгновение до того, как я срываюсь и реву в голос. Старлей, я вижу краем глаза, аж подскакивает от неожиданности.

— Поплачь, поплачь, милая, — приговаривает женщина, гладя меня. — Поплачь, легче станет, я-то знаю... Видишь, Серёжа, держала себя девочка наша, — грустно говорит она офицеру. — Да только нельзя совсем без ласки ребёнку.

А я плачу, выплакивая и смерть, и новости все, и детдом, и попытку меня убить, и отсутствие Серёжи... Я всё выплакиваю, потому что накопилось столько, что просто нет сил это вытерпеть.

— А ведь её убить сегодня хотели, — замечает старший лейтенант. — А она после этого спокойна была, как кирпич.

— Сила воли это, Серёжа, — отвечает ему баба Маша, а я постепенно беру себя в руки.

Ведь я знаю, что всё это временно. И ласка, и участие, и... А я... я... я к маме хочу!

Глава девятая

Приводят меня явно в помещение контрразведки. Там на двери номер указан, так что — родные пенаты. Предлагают присаживаться, я и присаживаюсь, чего не присесть-то? Сытость давит на глаза, но я держусь вполне в рабочем режиме, кстати.

— Ну, давай мы тебя для начала проверим, — предлагает мне офицер с погонами капитана.

Он снимает с вешалки автомат в десантном исполнении и кладёт передо мной. Суть проверки мне не ясна, но я в первую очередь отмыкаю пустой магазин и проверяю, нет ли патрона в патроннике. Надо бы контрольный спуск сделать, но в помещении это плохая идея.

— Убедила, — кивает офицер. — Разобрать-собрать сможешь?

— Глаза завяжете? — интересуюсь я.

— Глаза... — он задумывается, но чёрный платок достаёт. Подготовился, значит.

Завязывает мне глаза и допускает к оружию. Я сосредотачиваюсь, начиная разбирать автомат. И вот тут и начинается та самая проверка — начинают сыпаться вопросы. Имя, фамилия, потом что-то по устройству автомата, какие гранаты на вооружении, на что-то я отвечаю, что-то пропускаю мимо ушей.

— Интересно... — произносит капитан, когда я заканчиваю упражнение. — Ладно, убедила, — кивает он мне. — Пойдём-ка.

К чему это было, я не понимаю, но послушно иду туда, куда он меня ведёт. Что-то мне кажется, это всё театр был. Вот мы доходим до какой-то двери, при этом капитан пропускает меня вперёд. Я открываю дверь обеими руками, но внутри темно, и тут срабатывают боевые рефлексы — я падаю на пол, откатываюсь в сторону и шепчу заговор на отвод глаз, при этом стараясь вести себя тихо-тихо. Загорается свет, я вижу капитана с пистолетом в руке — больше никого нет в этой пустой комнате. Он оглядывается по сторонам, но меня явно не видит, постепенно поворачиваясь спиной. Я тоже разворачиваюсь, отвожу ногу и, улучив момент, бью его куда попало со всей дури. Капитан падает, выронив пистолет. Я прыгаю к оружию, подбираю его, снимаю с предохранителя и тщательно прицеливаюсь ему в голову.

— Отставить! — слышу я, рефлекторно опуская оружие. — Молодец, Мила!

Обернувшись, вижу офицера с погонами майора, за спиной которого стоят двое солдат. Они, по-видимому, и сами понимают, что делать, потому что забирают и куда-то утаскивают капитана. Насколько я понимаю, на этот раз это был не театр. Интересно, что же произошло?

— Пойдём, юная ведающая, — вздыхает майор. — Сегодня ты у нас переночуешь, а завтра за тобой из школы придут.

— Из школы? — удивляюсь я. — Из какой школы?

— Из ведовской школы, — произносит офицер. — Тебе всё расскажут, а пока пойдём, покажу тебе, где отдыхать будешь. Ты не одна такая, так что, возможно, общий язык найдёте.

Ещё интереснее. «Царь не настоящий»? В смысле, воинская часть не настоящая, а для обеспечения какой-то там школы? А насколько такое вообще вероятно? Непонятно мне это, просто совершенно, да и устаю я уже от загадок. Я иду за майором, не понимая, сбежать мне или не надо пока. Он же проводит меня сквозь весь штаб, поворачивает куда-то налево, где должна быть только стена, если я не ошибаюсь, и вводит в небольшую комнату с четырьмя другими дверьми.

— Здесь вы можете отдохнуть, — объясняет мне майор. — Тут есть телевизор, вон, можете присесть на диван. Двери ведут в спальни, они индивидуальны. Другого выхода отсюда нет.

— Выглядит подозрительно, — сообщаю я ему. — От продажи на органы до борделя.

— Вы найдёте общий язык, — совершенно непонятно произносит офицер, добавив: — Ужин вам принесут.

Он уходит, а я присаживаюсь на широкий мягкий кожаный диван, в котором мгновенно утопаю, понимая, что жизнь меняется в очередной раз. Почему она меняется именно так, мне непонятно, как и то, что ждёт меня, но я верю в свою способность убежать откуда угодно, поэтому нервничаю несильно. Мне интересно, о ком говорил майор, но одновременно — и что это за школа, в которую меня передают. И что это было такое с капитаном...

Я просто устала, на самом деле. С момента попадания сюда меня погладили один раз, мне доброе слово сказали и выплакаться дали. Взамен пытаются куда-то перевести, выкинуть, убить... Я устала! Я хочу к маме! Пусть даже я её только во сне видела! Сейчас опять плакать буду... Ну и что, если кто-нибудь увидит? Пусть смотрит...

— Мила? — полный недоверия и надежды голос отвлекает меня от печальных мыслей.

Я поднимаю голову — передо мной стоит мальчик лет одиннадцати на вид, но стоит мне только взглянуть в его глаза, и я чувствую, как тянусь к нему изо всех сил. Он будто магнитом притягивает меня, не давая мне возможности ни избежать его взгляда, ни думать о чём-то другом — ведь это Серёжа! Это совершенно точно мой Серёжа, и я стремлюсь к нему, пытаясь выбраться из объятий дивана, что удаётся мне не сразу.

— Серёжа? — спрашиваю я. — Серёжа! — я буквально прыгаю к нему, чтобы обнять, почувствовать его, поверить, что мы нашли друг друга, ведь это же он!

— Мила... — шепчет мне как-то вдруг оказавшийся рядом мальчик. — Нашлась.

— Это ты нашёлся, — сварливо поправлю его я. — Боже, Серёжа, как же я скучала!

— Теперь мы вместе, — уверенно произносит он.

Мы сидим на этом самом диване, он обнимает меня, а я — его, и просто молчим. Серёжа гладит меня по голове, я от этого млею и понимаю, что теперь на всё готова и на всё согласна. Ведь я действительно на всё согласна, потому что это же Серёжа. Немного помолчав, я начинаю рассказывать. О том, как появилась здесь, со всеми подробностями и очень тщательно — о детдоме и бандитах, да обо всём.

— Вообще, слишком много театра, Серёж, — объясняю я. — Так просто не бывает, хотя девяностые мне помнить неоткуда.

— Некто, выдающий себя за «смотрящего», — произносит Сергей, — сначала называет тебя воспитанницей, а потом взрывает вместе со своим водителем.

— Ну, ты понимаешь, что я знаю о воровской элите?

— вздыхаю я. — Но вот кажется мне, что «новый русский» просто играется.

— Всё возможно, — кивает мой любимый. — То есть странный он... Но такого действительно не бывает, потому как узнай кто — и всё, ни авторитета, ничего. Так что тут что-то не так, это не попытка убийства, тут что-то другое было.

Вот обсуждая этот вопрос с Серёжей, я понимаю, что всё, произошедшее со мной после вселения, было направлено на то, чтобы вызвать у меня желание убежать куда угодно. Но зачем?

Поужинав, мы с Серёжей уходим в одну из комнат, где обнаруживается полутораспальная кровать. Тут до меня доходит, что переодеться мне опять не во что, но Серёжу я, наверное, смущаться не буду. Чего он там не видел... Зато так тепло в его объятиях, просто не объяснить как.

— Давай подумаем, что это может быть за школа? — предлагает мне Серёжа.

— Я бы о другом подумала — зачем нас туда отправляют голыми и босыми, — возражаю я. — Школа ли это вообще?

— Поживём — увидим, я тебя в обиду точно не дам,

— говорит мой самый-самый, и я решаюсь сказать то, о чём думаю всё это время.

— Я люблю тебя, Серёжа, — покраснев, произношу, опустив голову. — Всей душой люблю... Ещё там любила, только...

— Думала, что нам не быть вместе, — понимает он. — И я люблю тебя, Мила.

И хотя я уже готовилась к словам утешения с его стороны, я замираю от волшебства произнесённых им слов, а потом визжу от счастья. Он меня любит! Любит! Я тянусь, чтобы обнять, чтобы объяснить, показать, но Серёжа просто прижимает меня к себе, и я затихаю абсолютно, совершенно счастливая, ведь это же он! Просто слов нет, да они здесь, наверное, и не нужны. Мы замираем в объятиях друг друга, словно зависнув вне времени и пространства. Теперь уже неважно, что нас ждёт в будущем, ведь мы есть друг у друга.

Хорошо подумав, я решаю, что обойдусь без душа, потому что без трусов спать неудобно, пусть даже и с Серёжей, обнимающим меня так, что, случись это раньше, я бы и из юбки выскочила.

— Давай укладываться? — предлагаю ему, потому что в сон тянет уже неимоверно.

— Устала, моя маленькая, — улыбается он мне. — Конечно, пора спать.

Со мной сегодня что только ни происходило, потому и устала, наверное. О дне грядущем думать не хочется,

хочется лишь тепла, ласки и никогда с Серёжей не расставаться, а впереди у нас новые испытания, да ещё и не пойми какие. Я вздыхаю, кладу голову ему на грудь и счастливо засыпаю, чтобы оказаться за столом с той самой бабкой.

— Царевна, — произносит бабка, — ты уже знаешь, что любовь бывает разной. В большинстве случаев для закрепления статуса нужно благословение, кроме одного единственного случая.

— Это какого? — не понимаю я.

— Если любовь истинная, то противиться ей не смеет никто, — объясняет мне старушка. — Проверяется это вот так... Повторяй за мной!

Я повторяю, ошибаюсь, повторяю снова, выслушиваю о себе всякое, но повторяю. Когда у меня получается, бабка начинает объяснять про обручение, что оно значит, а я внимательно слушаю. Оказывается, обручение — это связь. В случае, если любовь истинная и пара неразделима, то обручение защищает эту пару ото всех. Двоих невозможно разлучить, отравить, выдать насильно замуж или женить. Наказывает за это даже не человек, а сама судьба, поэтому никто связываться и не хочет.

Всю ночь длятся объяснения, при этом уже в конце сна бабка напоминает, что затягивать с обручением не стоит, несколько раз повторяет, так что, когда я открываю глаза, в голове всё ещё звучит её наставительный голос. Наверное, поэтому я творю заговор проверки, ещё толком не проснувшись. Всё-таки учитывая, что всю ночь его в меня буквально вбивали, логично, что он выходит сам по себе.

Серёжа окутывается золотистым светом — в точности, как старуха описывала. Если верить моему сну, это значит, что наша с Серёжей любовь истинная. Поэтому нужно будить любимого и создавать «шар обручения» — это так называется. Мы фактически обратимся к силам Трёх Миров, прося соединить нас нерушимыми узами. Сейчас уж я верю в то, что эти сны говорят правду, но теперь у меня вопрос о нерушимости уз. А вдруг Серёжа меня разлюбит? Он же не сможет выбрать другую, узы-то нерушимые!

— О чём задумалась, любимая? — интересуется Сергей, не открывая глаз.

— Я... я... я... — не зная, как объяснить, я начинаю выкладывать ему всё как есть.

Вот точно так же, как бабка говорила во сне, теми же словами и рассказываю. И об истинной любви, и о моих мыслях, и о... обо всём. Серёжа внимательно слушает, вставляя вопросы, отвечая на которые, я начинаю понимать: Смерть была права — дура я. И вот как-то поняв, что до меня дошло, любимый хмыкает.

— Ты мне только что рассказала об истинной любви, — произносит он. — Даже призналась, что уже проверила, правильно?

— Правильно, — киваю я, ощущая себя просто клинической этой самой.

— Получается, разлюбить я тебя не могу технически, — делает вывод Сергей. — А обручение защитит нас обоих. Рассказывай, что делать надо?

— Значит, надо встать, обращаясь... — я начинаю дословно воспроизводить последовательность действий.

Мы делаем это шаг за шагом. Я произношу как-то заучившиеся с первого раза слова, Серёжа тоже что-то произносит, я не понимаю, что именно. У меня вообще создаётся ощущение, словно мы находимся в гигантском шаре, повторяя фразу за фразой из моего странного сна. Кажется, время останавливается, перестаёт двигаться даже воздух, не позволяя никому нам помешать. И вот, наконец, заключительный катрен. Теперь всё зависит от тех самых сил — сочтут нас достойными или нет. Хотелось бы, чтобы сочли, потому что интересно же.

Что-то горячее сдавливает безымянный палец правой руки, сразу же холодея. Я сжимаю руку в кулак, чтобы поднести её к глазам и увидеть небольшое колечко. Оно похоже на обручальное, с двумя камешками — красными, на рубины похожими. Сергей в это время разглядывает кольцо на своей руке. Это значит, если верить бабке, что наш союз благословлён.

— А теперь? — интересуется у меня жених, получается.

— Одеваемся, завтракаем и встречаем свою судьбу, — предлагаю я план действий.

— Принимается, — кивает мне Серёжа. — Пошли умываться.

— Ага... Обними меня, пожалуйста, — прошу я и замираю от его блаженного тепла.

Затем мы, конечно, умываемся и выходим в гостиную, где нас ждёт завтрак и записка. Но сначала мы оба решаем поесть, чтобы не портить себе аппетит. Серёжа такой... Он просто волшебный! Не знаю, что нас ждёт, но от жизни я, кажется, получила уже всё. Поэтому спокойно, но быстро уминаю кашу и, оставшись только с чаем, выжидательно смотрю на читающего записку жениха.

— Тут написано, — показывает мне лист бумаги Серёжа, — что за нами придут через два часа. Ничего с собой брать не нужно, всё выдадут.

— Не нравится мне это, — признаюсь я.

Но нас действительно никто не спрашивает, потому остаётся только быть готовыми. Значит, надо закончить с едой и ждать, когда придут за нами из этой странной школы.

Глава десятая

Возникшая прямо посреди комнаты, едва не «вписавшись» в стол, женщина в традиционных русских одеждах меня не удивляет. Мне комфортно в объятиях Серёжи, а там — хоть трава не расти. Женщина оглядывается по сторонам, видит нас и делает какой-то жест ладонью — не опасный, по моему мнению, — поэтому я не реагирую, а любимый меня просто немного прикрывает собой, ожидая развития событий. Выглядит гостья русской красавицей лет тридцати: русые волосы заплетены в причудливую косу, ярко-синие глаза смотрят внимательно, фигура, насколько я могу судить, классическая.

— Надо же, и обручиться даже успели, — улыбается женщина. — Да по обряду — значит, что-то вам ведомо. Всё проще будет.

Она хлопает в ладоши, стол преображается — появляется самовар, сушки, бублики, пряники, печенье в красивых тарелках, расписанных, по-моему, под хохлому. Мне трудно судить, не разбираюсь я в этом. Затем стол украшается и чашками с блюдцами, мёдом, вареньями разными. Выглядит так, как будто всё из воздуха появляется.

— Зовут меня Марьей, — сообщает нам женщина. — Садитесь, почаёвничаем, я вам начало расскажу, а дальше пойдём, значит.

— Здравствуйте, — вспоминаю я о правилах приличия. — Я... Милалика, — почему я вдруг называюсь именем из снов, не знаю, но мне так хочется. — А это Сергей, мой...

— Жених, — заканчивает за меня Марья. — Что для вашего возраста необычно, но истинная любовь не спрашивает.

— Вы знаете? — удивляюсь я.

— Это видно, — отвечает мне женщина, наливая в чашки душистый чай. — Вы садитесь, а я расскажу вам, где вы оказались и почему путь вам только в школу.

— Очень интересно, — замечает Серёжа.

Некоторое время, впрочем, мы молчим. Я, попивая чай, раздумываю о том, почему назвалась именно Милаликой. Серёжа задумчиво хрустит сушкой, сломав её в кулаке. На самом деле, меня и Смерть же так называла, значит, действительно моё имя. Не аукнулось бы мне это, ну да поздно уже.

— Вы умерли или погибли в мире, где обрели друг друга, — отхлебнув чая из блюдца, произносит Марья. — И оказались здесь. Это — не настоящий мир, а что-то вроде отстойника.

— Вот чувствовала я, что так не бывает! — не выдерживаю я. — А почему он такой злой?

— Видать, враги у тебя есть, — отвечает мне она. — Но вам о подобных мирах ещё расскажут, а сейчас ваш путь — со мной. Попьём чайку и отправимся в Комнату Определения.

— Это ещё что такое? — не понимает Серёжа.

В ответ следует лекция. В школу приходят разные люди, из разных слоёв населения. Задача школы — создать стартовые условия для этих людей, но как их разделить? Ведь может и боярыня, привыкшая к своему уровню жизни, прийти, и крестьянка. И если второй сделать что-то самостоятельно проще, то первая, оказавшись на кухне, в лучшем случае расплачется. А мы все приходим детьми, так что могут быть разные нюансы. Поэтому и существует специальная комната, определяющая соответствие статуса и обеспечивающая набором вещей, аналогичных привычным, инструментами, если нужно, и деньгами. Есть некоторая сумма, выдаваемая всем, но если у кого-то есть деньги своего мира, то идёт хитрый пересчёт.

— Золотой для крестьянина — огромные деньги, а

для боярыни — не очень, — объясняет Марья. — Поэтому расчёт ведётся в таком соответствии — статус и насколько большими воспринимаются тобой эти деньги.

Тут я вспоминаю о стодолларовой бумажке у меня в кармане, понимая, что возможность проверить слова Марьи ещё представится. Интересно, а если я скопирую поведение и восприятие царевны из моего сна, что будет? Надо попробовать! Хуже точно не будет, а не сломается ли их комната — интересно, даже очень. Серёжа вцепляется в Марью, грамотно ведя допрос.

— Страна наша зовётся Русью, — отвечает Марья. — Правит у нас царь-батюшка да царица. А вот царевну Несмеяну давно уже никто не видел. Лучшие умы не первый год пытаются вылечить её от постоянного рёва, да всё тщетно. Впрочем, вы это увидите...

Нам рассказывают о том, что в связи с обручением наши статусы равны, а школа должна предоставить нам совместные покои, потому что мы ещё малы, и терема в городе нам не купить и не нанять. Комната Определения сама назначит для нас опекающего, и кто это будет — неизвестно. Тут я интересуюсь системой наказаний, подсознательно ожидая неприятностей.

— В вашем случае это будет проблемой, — вздыхает Марья. — Обычно-то карцер и берёзовая каша, но вы — носители истинной любви, да ещё, насколько я вижу, воины, потому применять к вам боль нельзя.

— То есть неизвестно, — хмыкает Сергей. — Ладно, на месте узнаем.

— Это точно, — киваю я. — И что, вы забираете детей с каким-то даром?

— Дар вне Руси может проявиться только у сироты, — отвечает мне Марья.

Она рассказывает о том, что ведунья — товар штучный, в отличие от защитника. Для того чтобы дар проявился, ребёнок должен быть лишён самого важного — тепла, именно таких детей и выискивают по мирам. А вот «отстойник» — это просто кусочек чего-то привычного, позволяющий усилить и научить базово использовать свои способности.

В общем и целом, рассказ с поправкой на сказку на правду похож, но так себе, конечно. Кажется мне, что не всё так просто, но и особой сложности нет. Насколько я понимаю, тут важно себя правильно поставить изначально — от этого зависит многое. Ну, в общем-то, как и везде. Что-то мне всё-таки не нравится в рассказе Марьи, как будто сказку рассказывают, а в сказки я не верю.

Что же, посмотрим, что за школа такая... Я догрызаю сушку, надеясь только на то, что в крестьянки не направят. Потому что крестьянка из меня сильно так себе. Я, скорее, воин. Но тут вспоминаются сны, руки мамы. Это всё меняет меня внутренне, поэтому из-за стола я встаю, чувствуя себя Милаликой. Царевной Милаликой, отчего в штанах мне вдруг становится некомфортно. Но тут ничего не поделаешь, потому что другой одежды у меня нет.

— Откройся, путь! — торжественно говорит Марья, хлопнув три раза в ладоши.

Перед нами возникает обычная такая бетонка, как взлётно-посадочная полоса, только вот висит она, кажется, в воздухе, а слева, справа, вверху и даже внизу я вижу звёзды. Красиво это очень, просто дух захватывает. Марья идёт вперёд, а за ней и мы, взявшись за руки.

Получается, мира лихих девяностых просто не было, то есть он был, но только для нас с Серёжей, а вот неведомый враг никуда не делся. И его, скорее всего, придётся искать, потому что враг должен быть мёртвым.

Дорога как-то совершенно незаметно сменяется деревянной дверью, обитой железом, перед которой обнаруживается сгорбленный старичок в кафтане и портках с лаптями — что бросается в глаза сразу.

— А, новенькие! — скрипит несмазанной телегой он. — Заходите по одному!

Я замираю, потому что без Серёжи никуда не пойду, да и он, наверное, тоже. Оглядываюсь на внезапно оказавшуюся сзади Марью, хотя вроде бы впереди была она постоянно. Женщина тяжело вздыхает.

— Они только вместе могут, разуй глаза! — властно произносит Марья. — Наберут по объявлению... — совсем привычно добавляет женщина, показывая нам на дверь. — Вперёд!

Серёжа делает шаг, держа меня за руку, я же полностью вспоминаю свои ощущения, когда была царевной. Дверь открывается сама, а за ней темень — хоть глаз выколи. Но любимый идёт смело, и я чувствую себя уверенно рядом с ним. Спустя мгновение загорается ровный синий свет, освещая нас, но оставляя помещение в темноте, при этом откуда идёт свет, я понять почему-то не могу. В следующее мгновение вся наша одежда исчезает. Но я только тихо взвизгиваю, потому что рядом Серёжа, он меня защитит. Спустя мгновение одежда появляется, но теперь она уже другая. На мне — длинное платье с чем-то сверкающим на груди. А Серёжа?

Он одет в довольно богатые одежды свободного кроя. На поясе у него ножны с небольшим кинжалом. А вот на полу я замечаю довольно внушительный мешок.

— У тебя деньги были с собой? — интересуется Сергей, на что я киваю.

— Бандит сто баксов подарил, — объясняю ему. — А это же большие деньги были в девяностых, особенно для ребёнка.

— Учитывая размер мешка, — произносит любимый,

— даже не предполагаю наш статус. Да и платье на тебе богатое...

— Значит, будем соответствовать, — хихикаю я, затем выпрямляюсь. — Руку даме предложи.

Перед нами раскрывается проём, кажущийся после сумрака ярким-ярким. Серёжа подхватывает с пола мешок, и мы выходим на свет. Перед нами расстилается красивый и совершенно сказочный город — как из мультфильмов. Вдали виден дворец, а мы сами стоим... хм... на галерее какой-то, по-моему.

— Сюрприз, — констатирует голос Марьи. — Княжна, получается, ну и воин-княжич. Давно такого не было.

— И что теперь? — интересуется Сергей.

— Теперь заселяться пойдём, — вздыхает она. — Деньги ваши в банк определить надо, а то не натаскаетесь, ну и затем у вас будет три дня на обустройство.

— Понятно, — кивает любимый, а я помалкиваю — меня не спрашивали.

— Княжна, — обращается ко мне Марья, — слуг у нас нет, но домовые духи помогут, для того их позвать правильно надо.

Я немного шокирована собственным статусом, но виду не подаю — наука мамы из сна очень хорошо мне запомнилась. Поэтому только царственно киваю. Интересно, а царица здешняя — она какая? Будет ли у меня шанс её увидеть? Стоп! Опекун! Кто наш опекун?

— А опекун у нас кто? — интересуется успевший первым Серёжа.

— Нет у вас опекуна, — вздыхает Марья. — Вас по статусу только царская семья опекать может, но подойти к ним с этим...

— Зато у меня есть ты, — я гляжу на него с улыбкой, хотя тоска по маме гложет изнутри просто до слёз.

— Пойдёмте, — приглашает нас женщина.

Пока идём, она объясняет, что статус наш играет роль только за стенами школы, внутри же все считаются равными. Ну, относительно равными, ибо чести ронять не следует, но танцев с поклонами, реверансами и тому подобного нет. Каждый удерживает свой статус сам, при этом не требуя в стенах школы таких прыжков. Ну, в принципе, логично, хотя что-то мне подсказывает, что не всё так просто.

Наши покои оказываются в отдельно стоящем тереме, потому что статус у нас для школы запредельный. Терем мне нравится, он хорошо так выделяется, в нём две спальни, детская, ну и штук пять комнат, хотя зачем столько, мне непонятно. Тем не менее нас оставляют тут.

— Через час зайду за вами, — сообщает мне Марья. — В город поедем, будем заниматься банком и подбором вещей. Ну и обереги вам нужны, как без них-то.

— Обереги — это правильно, — кивает Сергей. — Особенно мне гранаты нравятся.

Я тихо хихикаю, хотя и мне гранаты нравятся. Оборонительная граната — вообще очень неплохой, по-моему, оберег. Но тут страна сказочная, поэтому нужно ей соответствовать.

— Я вам оставлю краткий справочник, — говорит Марья. — Посмотрите, особенно в воинской части, чтобы не убить случайно кого-нибудь не того.

— А что, можно кого-то убить? — заинтересовывается Серёжа.

— У вас враги могущественные, — отвечает она. — Вы их, возможно, и не знаете, но они есть, так что почитайте.

— Спасибо, посмотрим, — кивает мой жених, после чего Марья нас покидает.

Да, он прав, инструкция — это правильно, инструкция — это по делу. Поэтому мы садимся рядышком, принимаясь читать том формата А3 в кожаной обложке. Книга, кстати, печатная, а не рукописная, как можно было бы ожидать, поэтому я больше улыбаюсь. Языком написана современным нам с Серёжей, а не русским народным сказкам за окном, что сильно помогает нервной системе. Итак...

— Правящий дом, — произносит Сережа, переворачивая страницу, где показаны лица правящей семьи.

Я вглядываюсь, а со страницы на меня смотрит... мама. Та самая мама из моего сна! Я пожираю картинку взглядом, не чувствуя, как по щекам текут слёзы, зато это замечает мой любимый, сразу прижимая меня к себе.

Очень мягко и ласково, он будто хочет закрыть меня от всего мира.

— Что, маленькая? — спрашивает меня Серёжа.

— Это мама, Серёжа... — шепчу ему. — Понимаешь? Это мама! Но царица...

— Разберёмся, — обещает он мне. — Со всем разберёмся, не плачь.

— Я... я... я постараюсь, — всхлипываю я, с трудом беря себя в руки, потому что выдержать это невозможно просто.

— Давай лучше по деньгам и убийствам пройдёмся, — предлагает он, но потом вздыхает, прижимает мою голову к себе и читает вслух. А у меня перед глазами мама...

Я понимаю, что всё не так просто, да и определённый статус вполне царевне соответствует, но мама... Мамочка, как бы увидеть тебя? Пусть ты не узнаешь меня, но хоть взглянуть бы на тебя! Я плачу, а Серёжа читает о банковской системе, законах и о сиротах высшего сословия.

Дело в том, что опекун должен быть на ступень выше, но я названа княжной, и моим опекуном может быть только царская семья. Ну и Серёжиным тоже, потому что он равен мне по статусу. Что же делать?

Глава одиннадцатая

— Княжна Милалика и жених её, княжич Сергей, — записывает писарь. — Общее состояние — пять тысяч монет золотом.

— Насколько это много? — интересуюсь я у Марьи.

— Терем ваш половину этой цены стоит, — коротко отвечает она мне.

Марья явно удивлена, а я киваю — в восприятии ребёнка в девяностые сто баксов вполне так и соответствуют. Что интересно — картин с изображением царевны нет нигде. О ней все знают, но давно никто не видел. Ну и ладно, пока это неважно. Мне нужно тряпок купить, потому что мириться с отсутствием трусов я не намерена.

— Ваш кошель, — протягивают нам мешочек на верёвочке. — И расчётная палочка.

Ага, кредитная карта тут всё-таки есть. Точнее, она дебетная, ещё и демонстрирующая остаток на счету, при этом украсть её можно, но бессмысленно, потому что как платёжное средство она работает только в наших руках. Ну и кошель — на мелкие расходы. Я вручаю их любимому, потому что у меня карманов нет, а вопрос доверия просто не стоит между нами.

Сейчас нужно заказать одежду, обереги купить и то, что нам для школы потребуется: палочки-самописки, тетради разные, линованные и нет, учебники опять же. Точнее, учебники не нужны, нужны справочники, ибо я — ведунья, а жених мой — защитник, и мы с ним неразделимы, отчего нам всё в двойном экземпляре покупать надо. Нам и на его уроки, и на мои вместе ходить надо, такова особенность истинных пар.

Марья ходит по рядам с нами, а рынок вполне обычный, с поправкой на колорит. Ну, славянский колорит в смысле. Очень фильмы-сказки напоминает, особенно учитывая наш сегодняшний транспорт — самобеглая печь нас привезла из школы, она же и увезёт. Всё вокруг очень интересно на самом деле, но и устаём мы.

— Питаться можете в школе, — говорит нам Марья, — или за серебрушку в месяц доставку из трактира оформить, как вам больше нравится. В школе разносолов нет, но и отравить вас — задача посложнее.

— Интересное кино, — вздыхает Сергей. — Обереги от отравления существуют?

— Существуют, отчего ж нет? — удивляется она. — Куда сначала?

— За одеждой, — почти шиплю я. — Нет же ничего!

Кивнувшая Марья отводит нас сначала к белошвейкам, затем и к портным, где оставляет часа на три, объяснив, где найти остальное. Сегодня нам долго гулять — до ночи точно. Нам обоим нужен гардероб по статусу, Серёжа ещё в оружейные ряды хочет, ну и я тоже, ножей метательных бы прикупить. Может, и ещё что найдём. Затем обереги — и лучше от всего на свете, ну и учебное, что требуется.

У меня из головы не идёт мама. В моих снах была именно она, и я уже привыкла к тому, что это мама. Но что делать? Не могу же я заявиться в царский дворец: «Здравствуй, мама!» Так это не делается, насколько я знаю. А как делается? Да и если царевну звали бы Милаликой, неужто ни у кого до сих пор не возникло бы вопросов? В общем, тысяча вопросов и ни одного ответа. А ещё о школе тысяча вопросов, ну да тут мы всё узнаем в своё время. Кстати, а с выпускниками что происходит? Тоже пока неясно, но, думается мне, это мы проясним рано или поздно.

— Всё доставим в лучшем виде, не беспокойтесь, — сообщает нам смешной дядька с измерительной лентой на шее.

— Пошли дальше, — предлагает Серёжа, я киваю, хотя и чувствую подступающую усталость.

— Давай передохнём немного, — тихо прошу его.

Жених усаживает меня на скамейку, я откидываюсь на спинку и смотрю в глубокое голубое небо. Тоскливо на душе немного. Всё-таки я — ребёнок, мне вечный бой претит. К тому же нужно корчить из себя принцессу, а хочется тёплых маминых рук, просто до воя хочется. Что с этим делать, я вообще не представляю, потому что сил у меня нет. Серёжа, кстати, это очень хорошо понимает, ну, что у меня завод кончился, поэтому терпеливо ждёт, когда я смогу собраться с силами.

— Пойдём, — решив, что перед смертью не надышишься, я с трудом поднимаюсь на ноги.

— Нет, — качает головой Серёжа. — Сейчас идём за оберегами — и домой, всё остальное завтра.

— Как скажешь, — устало киваю я.

Он прав на самом деле: несмотря на то что прошло всего полдня, очень уж насыщенными они оказались, к тому же мне надо поплакать, просто очень нужно. Я чувствую это очень хорошо. Похожа ли я на царевну Милалику? Мысли постоянно возвращаются к этому, и что делать, я просто не представляю. В таком раздрае мы и доходим до обережной мастерской. Выглядит она обычной лавкой, как и множество таких же вокруг. При этом многое смотрится просто привычно и удивления не вызывает совершенно. Мы входим внутрь, замечая убранство — длинный стол, полки с разнообразными вещицами, небольшие окошки, дающие достаточно света, и... И всё.

— Чем могу служить, молодые люди? — к нам подходит одетый в кожаные штаны и кольчугу мужчина лет пятидесяти.

— Нам нужно два набора оберегов на все случаи жизни, — объясняю я цель визита. — У вас есть такие?

— Вот именно на все случаи? — удивляется мастер. — Как же, есть, только они дорогие.

— Не дороже денег, — отрезает Серёжа, доставая расчётную палочку.

Заулыбавшийся мастер вынимает две большие коробки из красного дерева, открыв которые, показывает нам ювелирные наборы — по крайней мере, так это выглядит, именно ювелирными наборами. Затем делает какой-то жест и начинает улыбаться.

— Истинные, значит, — понимающе кивает он. — Тогда вам будет проще. Вот эти обереги надеваются только парно, запомнили?

— Да, мастер, — кивает Серёжа. — Любимая устала, у нас непростое время было.

— У вас нет никого, — понимает мастер, а потом хлопает в ладоши.

Любят здесь ладонями хлопать, кстати. Так вот, хлопает он, вбегают две девушки лет шестнадцати и принимаются развешивать на мне обереги, а мастер рассказывает о каждом. Обереги делятся на повседневные, статусные и специальные. Повседневные носят каждый день, статусные — на бал, а специальные... Они специальные и есть. Нам ещё инструкцию с собой дают, а обереги дорогие, да — по сотне монет за каждый набор. Это много, даже очень, но, наверное, оправдано.

После я уже почти на ногах не стою от усталости — просто падаю. Падать нельзя, потому до печки дохожу только на силе воли. Ощущение — как будто из меня всю энергию через трубочку высосали, но я всё равно иду, а потом и на печь забираюсь. Только оказавшись на печи рядом с любимым, закрываю глаза, мгновенно отрубившись.

Я полулежу, прижавшись к мамочке, меня обнимают её ласковые руки, и тепло от этого так, что просто невыразимо. Мама, так похожая на местную царицу, что-то рассказывает мне.

— А если меня украдут и убьют? — спрашиваю я вдруг.

— Тогда Русь притянет твою душу, — отвечает мне мама. — Рано или поздно ты вернёшься сюда.

— И что будет? — интересуюсь у неё.

— Придёшь во дворец, и я тебя обниму, — улыбается она.

— А если ты меня не узнаешь? — продолжаю допытываться я.

— Мать всегда узнает своё дитя, — мамочка целует меня в нос, отчего я пищу, потому что это очень ласково.

— Ну а всё-таки? — почему-то мне это очень важно знать.

— Ну, если вдруг, — задумывается царица, — тогда нужно будет найти путь к Яге, она поможет. Только путь этот непрост, маленькая, поэтому попытайся сначала попасть во дворец.

Что-то мне подсказывает, что просто не будет даже во сне — ведь красть царских дочерей не очень принято, а если это и произойдёт, тогда могут и родителей заколдовать. Хотя мне непонятно, зачем именно это может быть сделано, но во сне я маленькая — лет семь, наверное, поэтому всё выстраиваю разные «почему», а мамочка объясняет мне.

Проснувшись, я плачу. Просто не могу сдержаться и реву в голос. Мне десять лет, а мамочка у меня есть только во сне. Да мне наплевать, царица она или кто ещё... Она есть! Я уверена, что она есть. Но как мне попасть во дворец? И что будет, если она меня не узнает? Хотя я уже знаю, что будет — придётся тогда искать путь к Яге, а там проходить какое-то испытание. Наверное, оно окажется очень страшным, потому что иначе зачем бы надо ходить к Яге? Баба Яга в сказках — бабка страшная.

Серёжа обнимает меня. За окном брезжит рассвет,

значит, нам скоро вставать, а вставать мне не хочется. Хочется забиться в щель, и просто чтобы всё решилось само собой. Но я — большая девочка и знаю, что само собой ничего не решается, а быстро можно только по попе получить. По попе я не хочу, мне это никогда не нравилось — ни во сне, ни в детдоме. Поэтому, видимо, придётся делать всё самой.

— Что случилось? — интересуется любимый.

— Маму во сне видела, — говорю я в ответ. — Только, похоже, она — местная царица. Величину проблемы чуешь?

— Во дворец надо, — понимает Серёжа. — Постой-ка... Но, если бы царевна пропала, об этом знали бы, нет?

— Вот и я о том же, — вздыхаю я, принявшись пересказывать сон.

Сергей внимательно слушает меня, приподнявшись на локте. Стоп, а как я в постели оказалась-то? Засыпала же в транспортном средстве?

— Я тебя и перенёс, и переодел, — объясняет мне жених. — Не одетой же тебе спать?

— Спасибо-спасибо-спасибо! — тянусь я обниматься. — Что скажешь?

— Скажу, что история, скорее всего, запутанная, — задумчиво говорит он мне. — Потому нужно придумать, как побывать во дворце, но так, чтобы не посчитали самозванкой, потому что за такое наказание может быть очень разным.

Я тоже думаю об этом, но как обосновать визит, не говоря о царевне Милалике, я не знаю. Учитывая возраст, плетей я не отведаю, но и другие средства воспитания мне с детства не нравились. К тому же прослыть лгуньей — тоже не самая лучшая мысль, потому я задумываюсь сильнее, а вот у Серёжи, кажется, есть идея. Этой идеей он делится со мной, стоит мне только закончить с утренним туалетом.

— Ну вот смотри, — объясняет мне он. — Просить об опекунстве мы не будем, ещё чего не хватало, но представиться же должны? Все-таки по статусу мы — высшая аристократия. Понимаешь?

— То есть надо Марью отыскать и спросить, принято ли здесь такое... — задумчиво отвечаю я. — Значит, идём завтракать и ищем, согласна!

Уже занывший мускулюс глютеус расслабляется. Боли я не люблю и очень боюсь именно такой боли. Наверное, поэтому в детдоме суббота была самым страшным днём. Ну и воспиталка там отлично видела, насколько мне страшно, поэтому мне и попадало каждую неделю. Получала она от этого удовольствие, что ли? Сейчас уже не узнаешь, но вот учитывая, что я — ребёнок, а нравы тут простые, то страшно до ужаса просто. Почему я, кстати, о битье подумала? Непонятно.

— Серёжа, ты поглядывай, а то у моих ягодичных мышц так себе предчувствие, — сообщаю я жениху, на что тот проверяет, как ходит кинжал в ножнах.

— Это ты испугалась заранее, — объясняет он мне. — У тебя бывает, что говорит о не самом простом детстве.

— Сиротское детство у меня было, Серёженька, — вздыхаю я. — Просто сиротское. Пошли?

Столовая находится в основном тереме школы, сам же терем более всего напоминает общежитие бабок-ёжек из известного мультфильма. Именно столовая расположена на первом этаже, около неё обретается давешний старичок, с подозрением глядящий на всех вокруг. Правда, увидев нас, он кланяется, а я, вспомнив мамину науку, изображаю царственный наклон головы.

— Да, порода... — скрипит старичок. — Ваш стол номер два, Вашсветлость.

— Благодарю, — лёгкий наклон головы, идеально прямая спина, а у Серёжи просто выправка.

В довольно шумной столовой становится моментально тихо. В моей руке — рефлекторно захваченный с собой веер, к которому устремлены глаза других детей. Веер живёт своей жизнью, у него свой язык, который, насколько я вижу, большинство здесь понимают. Интересно. Либо среди ведающих довольно много людей высокого сословия, либо мы просто находимся там, где едят именно они. Может ли такое быть?

— Вполне возможно, — негромко отвечает мне Сергей. — Дворянам со смердами в одном месте питаться физически некомфортно. Танцы разные.

— Ну что же, давай трапезничать, — слегка улыбаюсь я. — Поедим, отловим Марью и продолжим покупки.

— Принимается, — кивает мне жених, оглядывая пустую поверхность стола. — Ну-ка, духи домовые, угостите-ка детей голодных.

— Не настолько вы и голодные, — ворчит кто-то, и в тот же миг столешница скрывается под блюдами и мисками. — Приятного аппетита.

— Благодарствуем, — отвечаем мы хором, приступая затем к еде.

А вкусно, между прочим. Может быть, привыкшие к разносолам люди и будут воротить нос, но мы — люди военные, дети ещё к тому же, поэтому мне, например, гречка с молоком очень даже вкусна, а тут ещё и вареньем можно сдобрить — так это вообще сказка, просто мечта любого ребёнка. А ежели кому не нравится, так то их проблемы. Завтрак очень вкусный и довольно обильный для того, чтобы дать энергию на весь день, а энергия нам сегодня понадобится.

Глава двенадцатая

Марью мы находим быстро. Она внимательно выслушивает Сергея, кивает, но что-то ей явно не нравится, я вижу это по языку её тела. Интересно, что именно? Здесь не принято представляться, или есть опасность для нас во дворце, по её мнению?

— Если так требуют ваши обычаи, тогда конечно, — кивает она. — Я запрошу аудиенцию, но на вашем месте я бы не ходила.

— Почему? — интересуется Серёжа, сразу же чувствуя подвох.

— Царица наша немного умом двинулась, — объясняет почему-то именно мне Марья. — Как видит девочку вашего возраста, обязательно хочет её высечь.

— В смысле высечь? — ошарашенно спрашиваю я, хотя уже всё понимаю. Становится страшно.

— Розгами, — объясняет она. — Раньше бывало представление новых учениц, но, учитывая, как это для них заканчивалось, мы не приглашаем больше царицу на наши балы.

Сергей кратко, но очень емко характеризует ситуацию, а я просто замираю в шоке. Но мама во сне сказала же, что нужно во дворец. Может быть, она так себя ведёт, потому что меня нет? Готова ли я рискнуть задницей для того, чтобы узнать? Марья живописует «гостеприимство» царицы, заставляя меня просто дрожать, но я беру себя в руки — я верю мамочке из сна. Если для того, чтобы её увидеть, нужно вытерпеть боль... Пусть.

— Мы должны, — негромко говорю.

— Хорошо, — кивает Марья. — Я вас предупредила, о времени сообщу, когда получу ответ.

Она раздражённо разворачивается и уходит, а я прижимаюсь к Серёже. Меня всю трясёт от страха, с которым я ничего не могу поделать. Жених мой, впрочем, понимает, в чём дело, поэтому старается успокоить. Я вспоминаю детали своего сна, пытаясь сообразить, в чём дело, но никак. Даже если это просто слухи — они не возникают на ровном месте. Неужели мамочка сошла с ума? Тогда... Тогда пусть.

— Ох, Мила, — вздыхает Серёжа, отлично поняв ход моих мыслей, — очень всё на отпугивание похоже. Боль — это страшно, поэтому при угрозе боли повернёт назад любая девочка, понимаешь?

— Считаешь, это для того, чтобы царице не докучали? — интересуюсь я.

— Ну или... — жених задумывается. — Так, на всякий случай, возьмём полный щитовой набор с собой, если что — сбежим. А пока нам за покупками пора.

— Надо почитать о проклятьях ведовских, — сообщаю я ему. — И о колдовстве местном тоже.

— Ты считаешь, их могли заколдовать... — задумчиво произносит Серёжа. — Но тогда... Как этого никто не заметил?

— Вот поэтому и надо почитать, — уверенно отвечаю я, а сама думаю о Яге.

Есть у меня предчувствие, что этого приключения мне избежать не удастся, потому что такие слухи — совсем не похоже на то, как обычно говорят о царице. Даже если это сделано единственно для отпугивания меня от дворца — выглядит очень нехорошо, ну и дыма без огня не бывает. Поэтому, забираясь на самоходную печь, я думаю, как бы остаться целой. Есть у меня мнение, что моё прошлое воплощение сильно налажало, отчего сейчас ситуация будет очень непростой. Но хочется, конечно, надеяться на лучшее.

Оглядываю то место, в котором мы будем учиться, и вздыхаю. Оно спокойное — множество деревьев, на которых наливаются соком плоды, большой терем школы, вокруг — поменьше, такие, как наш, по дорожкам гуляют дети и подростки постарше, но совсем не видно взрослых, даже странно немного от этой картины. Сергей кладёт руку на камень, и печь отправляется в путь.

На этот раз я внимательнее смотрю по сторонам. Дорога, по которой ходят люди и ездят кареты, имеет жёстко разграниченные полосы, печка идёт по выделенной полосе рядом с дорогой, причём, насколько я понимаю, эта полоса сделана специально для неё. Чуть поодаль поднимается город, выглядящий не очень обычно — разнокалиберные дома, не похожие друг на друга башни, в общем, вполне такое сказочное нагромождение, ну и рынок прямо за въездом в город. Получается, что школа и её строения не в городе находятся, хотя в первый раз мне показалось, что именно там. Любопытненько. И стоянка сделана тоже интересно — для печи отдельно, для карет отдельно, и ещё для чего-то, чего я не понимаю.

Сам рынок — это множество торговых рядов с одной стороны и лавки — с другой. Ходить можно до морковкиного заговенья. И всё-таки мне не даёт покоя рассказанное Марьей. В моих снах мамочка, даже выходя из себя, никогда бы не взяла в руки розги, в отличие от батюшки, — вот от него мне прилетало даже во сне... Что могло произойти? Может быть, это другой мир, и мама здесь злая? Тогда как найти тот, где настоящая мама?

— Давай книгами займёмся, — Серёжа меня очень хорошо понимает, особенно то, что именно меня сейчас мучает.

— Да, любимый, — киваю я.

Очень страшно то, что рассказала Марья, ведь я помню своё детство: и ожидание первого удара, и противный свист тонкой палки, сменяющийся болью. Как меня тогда не сломали — до сих пор не понимаю, ведь били часто. Но сейчас, стоит только представить, что меня побьёт та, что снится, и ноги холодеют от ужаса. Я же после такого никогда и никому доверять не смогу, да и в доброе отношение не поверю!

Сергей приводит меня к лавке, и я буквально сразу же вижу нужные книги. «Колдовство», «Чёрное ведовство» и ещё несколько сходной тематики. Я хватаю их, быстро листаю, пытаясь найти ответ, но выходит так, что искать его и не надо. Пока я копаюсь в книгах, Серёжа допрашивает продавца, оказывающегося экспертом по различному колдовству.

— Возможно ли так заколдовать человека, чтобы он проявлял агрессию к своему ребёнку? — интересуется мой жених.

— Теоретически можно, — отвечает продавец. — Для этого нужно брата или сестру в жертву на условие принести.

— Что значит «на условие»? — спрашивает Серёжа.

— Вы знаете, что человека, особенно ребёнка, убить на Руси невозможно? — отвечает вопросом на вопрос продавец. — Нет? — удивляется он.

И вот тут следует лекция о том, почему убитый здесь ребёнок всегда вернётся обратно. Но если его убивать медленно и жестоко, тогда можно поставить условие на возвращение. И вот тут мне вспоминаются слова, которые сказала Смерть: «обрести истинную любовь». Значит, получается, мир тот же, а маму вполне могли заколдовать, для этого убив меня. Тогда во дворец уже можно и не идти, а сразу к Яге, потому что мамочка, даже если узнает меня, сразу же захочет побить. А вот против этого возражаю уже я.

Значит, нужно покупать необходимое с прицелом на дорогу неведомо куда. Всю жизнь мечтала...

Известие о том, что нас готовы принять немедленно, находит нас обоих в трактире, где мы заканчиваем трапезу. Спасибо доброму продавцу снаряжения, объяснившему, что означает «дорога к Яге». Так как начало пути он описал точно так же, как мамочка во сне, то и остальная информация кажется мне достоверной.

— Ну что, пойдём? — спокойно интересуется Серёжа.

— Страшно, — признаюсь я. — Но пошли, ты прав, мы должны знать точно.

— Вспомни, мы с тобой обручены, — напоминает он мне. — Тебя бить уже нельзя, а попытаться нас разлучить или убить — это преступление в Трёх Мирах.

— Но попытаться могут, — вздыхаю я, пока мы встаём из-за стола.

Царский дворец находится совсем недалеко от торговых рядов, но постороннему войти в него можно, исключительно если назначена аудиенция. Причём следит за этим какое-то колдовство, а не стража, поэтому у входа и нет никого. В другое время я бы рассматривала величественные балюстрады, лепнину и хрен его ещё знает что, но сейчас я слишком напряжена. Я чувствую опасность, в том числе и для себя, поэтому нахожусь почти в боевом режиме. Все наши покупки дожидаются нас на печи, а я иду на встречу с мамой. Почему только так страшно?

Мы подходим к дверям, к которым Серёжа, в соответствии с инструкцией, прикладывает кусок принесённой нам голубем бересты. Будто задумавшись, двери медленно открываются, впуская нас. Откуда-то доносится хныканье, а в целом во дворце тишина чуть ли не могильная. Я же вдруг узнаю помещения, иду по коридору и вспоминаю места, где прохожу, только они какие-то серые, тёмные.

— Мила, смотри, — Сергей показывает мне мерцающий красным огоньком статусный оберег.

— Что это значит? — не сразу понимаю я.

— Колдовство опасное это значит, — объясняет мне жених. — Чёрное и направленное в том числе и на нас.

— Колдовство... — задумчиво произношу я, начиная

шептать заговор выявления сокрытого, но ничего не происходит. — Нам вон туда, — показываю в сторону Тронного зала. — Всё знакомо, я здесь не раз была.

— Держи себя в руках, — просит меня жених, на что я киваю.

Тронный зал выглядит тусклым и почему-то очень страшным. Я делаю несколько шагов по направлению к трону и замираю. Я знаю это место и... не знаю. Оно будто наполнено страхом, тьмой какой-то непонятной, даже, кажется, болью. Такого в моих снах никогда не было.

— Привет, — слышу я тихий голос.

Обернувшись, вижу очень похожую на меня девочку в коротком платье, глядящую со страхом. По её щекам нескончаемым потоком льются слёзы. Она смотрит на меня, губы шевелятся, но услышать что-либо не получается.

— Привет, — говорю я ей. — Меня Милаликой зовут, а тебя?

— Беги, Милалика! — восклицает она. — Беги!

— Никого здесь не вижу, — слышу я знакомый голос, поворачиваясь.

Это что? Это моя мама? Нет-нет-нет! Это не может быть она! В тронный зал входит... мегера. Глаза злые, в руке — пучок прутьев, взгляд ищущий, но меня она не видит, да и Серёжу тоже — смотрит как будто сквозь.

Моя собеседница начинает пятиться, да видно, уже поздно.

— Ага! — восклицает женщина, одним прыжком оказавшись рядом с девочкой и схватив её за косу. — Вот ты куда сбежала, мразь!

В глазах девочки — запредельный ужас, а я непроизвольно пячусь. Женщина, похожая на мою маму, волочёт девочку за волосы, платье малышки задирается, показывая отсутствие белья, а я сама чуть ли не в обмороке от страха. Серёжа обнимает меня, выводя из тронного зала, и последнее, что мы слышим, — девчачий отчаянный визг. Слухи, получается, не врут...

Серёжа меня буквально тащит к выходу, а я просто в ступоре. Эта злая гадюка не может быть той милой, доброй, хорошей мамочкой! Не может быть, и всё! Мне страшно! Жених хватает меня на руки, почти бегом выскакивая из дворца. Я дрожу в его руках, не в силах сказать ни слова.

— Милалика? — слышу я удивлённый возглас. — Но тебя же убили!

— Уб-би-били, — соглашаюсь я, дрожа все сильнее.

Собеседницей оказывается очень пожилая женщина. Она видит моё состояние, делает жест Серёже и ведёт его за собой по направлению к крестьянскому дому. Жених не возражает, он, в принципе, только пытается меня успокоить, а меня трясёт до жути, в ушах стоит крик, который нёсся нам вдогонку, причём я понимаю, с чем он связан, и на меня просто волнами накатывает ужас.

— Усади зазнобу, — командует пожилая женщина. — Сейчас чайком отпоим.

— Не ожидала любимая моя всё-таки, — вздыхает Серёжа. — Ребёнок она совсем у меня.

— Как Милалику убили, так сначала думали, что царица с ума сошла, — начинает рассказ женщина, наливая чай. — Пои царевну, сама она не сможет, вишь, как трясёт?

— Сейчас напоим, куда деваться, — жених мой очень ласково гладит меня, отчего мне спокойнее становится.

— А потом уже стало понятно: заперли добро смертью ребёнка, — продолжает она. — Теперь такое колдовство и не снять. Так что повезло, что не избили, как Несмеяну. Её-то каждый день до полусмерти лупят.

— Нас просто не увидели, — сообщает Сергей. — Поэтому мне в целом понятно, что делать.

— Ну, храни вас боги, — произносит женщина, глядя на то, как меня отпаивает жених. — Может, и получится чего.

— А Несмеяна — сестра Милалики? — интересуется мой любимый.

— Ты знаешь... Нет, наверное... — она погружается в размышления.

Отпоив меня чаем, но так и не получив ответа, Серёжа благодарит женщину, после чего выводит меня прочь. Слова нам сейчас не нужны, что делать, и так понятно. Мамочку мою могли просто заколдовать, но учитывая, что нигде не видно и не слышно батюшки, то ситуация может быть намного, намного более нехорошей. Ибо что-то сделать с царём — это уже не смешно, и нужно реагировать быстро. Одно дело, если у меня мамы не будет, я как-то переживу, а вот безвластие в такой стране — это очень-очень плохо. И раз мы можем что-то сделать, то надо поспешить.

Мы сидим на печи. Серёжа перебирает снаряжение — и колдовское, и обычное, я же думаю, что сначала надо в школу — переодеться, не в женском же платье идти. Но жених напоминает мне, что здесь мужская одежда для девочек очень сильно не принята, а рисковать с ходу получить дополнительные приключения мне не хочется. Почему тут такие правила, кстати, мне не очень понятно, но ничего не поделаешь — нужно им следовать.

— Так, — спокойно произносит Серёжа, — рюкзак собран, для тебя тоже. Откуда будем путь открывать?

— Да, наверное, прямо отсюда, — вздыхаю я. — Чем ближе к цели, тем лучше.

Время размышлений прошло, наступает время действий. Отдыхать будем потом, ну, или на том свете...

Глава тринадцатая

Обычная дорога, пустая, правда, но вполне себе обычная, каких тысячи. Мы идём с Серёжей, потому что бежать смысла нет — некуда просто бежать. Светит яркое солнце, слева и справа качаются на ветру колосья, по-моему, ржи. Птички поют, и пока всё выглядит, как весёлая прогулка, никакой «проверки сути», о которой говорил продавец. Серёжа мой хмурится — ему не нравится тишина, а я иду вполне спокойно.

Вдруг откуда-то сзади появляется какой-то жужжащий звук. Я оборачиваюсь, но в первый момент даже не понимаю, что вижу, зато Сергей вглядывается, а потом, схватив меня за руку, буквально сдёргивает с дороги в поле — прямо в рожь. Я уже хочу возмутиться, но тут земля взлетает комьями вверх. Гремят взрывы, слышится тоскливый завывающий звук пикирующего самолета, знакомый мне по фильмам о войне, и я вдруг понимаю: моя одежда изменилась.

— Лежать! — кричит мне жених, целясь из невесть откуда взявшейся винтовки в пикирующий прямо на нас самолёт, под брюхом которого я вижу чёрную «каплю» бомбы.

Страшно становится так, что хоть в кустики беги, но нет здесь кустов. Я зажмуриваюсь, тут Серёжа стреляет, и почти сразу за этим гремит взрыв. На нас падает что-то горячее, но я не дёргаюсь — ведь любимый приказал лежать, и я лежу, но раскрыть глаза просто боюсь.

— Побежали, пока добавка не налетела, — почти спокойным голосом говорит Серёжа, заставляя меня открыть глаза.

— Что это, Серёжа? — интересуюсь я.

— Ну, мы же офицеры, — вздыхает он. — Вот войнушку нам и показали. Проверка нашей сути, а какова суть военного?

— То есть будет много бега и пальбы, — делаю я вывод.

С этим он соглашается. Мне интересно, конечно, почему именно та война, которую у нас знает каждый, но я молчу, потому что ответа всё равно не будет. Мы проходим буквально несколько шагов, и картинка сменяется — перед нами полуразбитые гаубицы, а по полю уже набегают фрицы и идут танки.

— Мила, ты к пулемёту, — приказывает Гром. — Я к орудиям!

— Есть, — сосредоточенно киваю я.

Пулемёт Дегтярева, двадцать восьмого года, с раструбом на конце, прошедший всю войну, лежит вполне нормально. Рядом с ним двое мёртвых бойцов, увешанных сумками с дисками. Игру напоминает на самом деле, причём, скорее всего, это именно иллюзия, взятая из нашей памяти, то есть из фильмов. Вот только убить здесь ещё как могут, поэтому я падаю прямо на труп, взвожу затвор и начинаю отсекать пехоту от танков, а Серёжа выводит гаубицу на прямую наводку. «Мышки» умеют всё!

Громкий выстрел прямо над ухом чуть сбивает прицел, но я тем не менее работаю, затем, схватив сумку с дисками, меняю позицию, уже понимая, что мы в фильме каком-то, потому что так на самом деле не бывает, не настолько фрицы были тупы, чтобы бежать на пулемёт, пусть он даже и один.

Вражеский танк просто взрывается, между мной и Серёжей падает снаряд, затем ещё один, становится реально страшно, но мне бояться некогда — серая нечисть всё не заканчивается. Снова взрывается танк, следом ещё один. И тут вдруг слева и справа появляются уже наши — краснозвёздные. Всё поле затягивает дымом, и вот мы уже с Серёжей сидим на обочине дороги, по обе стороны которой качаются колосья ржи.

— Хренасе! — резюмирует мой жених. — Ладно, пошли...

Но пойти мы никуда не успеваем. Из ржи выходит командир Красной Армии, судя по обозначениям — капитан, я одно время увлекалась. Он смотрит строго, но, увидев направленную на него винтовку, останавливается.

— Документы, — коротко требует Серёжа.

Тот лезет в нагрудный карман, доставая командирское удостоверение и протягивая его Сергею. Тут я знаю, что нужно делать, нас этому учили — подхожу чуть сбоку, забираю книжечку и делаю два шага назад. Чтоб я помнила, какие в это время были специальные отметки! Но... Картины берутся из нашей памяти, значит, должно быть что-то простое. Внимательно разглядываю документ и удовлетворённо киваю — действительно простое: скрепки из нержавейки, которые были только у немцев.

— Огонь, Серёжа, — командую я, и звучит выстрел.

Картина опять меняется — мы вдруг оказываемся в лесу. Я точно знаю: там впереди кто-то есть, но как идентифицироваться? Тут припоминаю, что во многих фильмах и книгах было, и шепчу на ухо Сергею. Тот улыбается, кивает и густо обкладывает лес по матушке. В ответ слышится аналогичная речь. Ну вот, можно сказать, идентифицировались.

— Вы откуда? — интересуюсь я.

— Первый Белорусский! — отвечают оттуда, и я вдруг понимаю: кольцо окружения замкнуто, фрицы окружены.

От этой новости хочется петь и плясать. Картина вновь меняется — перед нами горы.

— В горы лезть надо? — интересуюсь я у Серёжи. — А нах... зачем?

— Судя по тому, что я вижу, — отвечает он мне, — по песне Высоцкого. Так что полезли, будем «Эдельвейс» с перевала сбрасывать.

Тут даже не понять, шутит он или нет, потому что в горы-то нам и надо. Дорога к Яге действительно непростая, она проверяет решимость и готовность дойти. По крайней мере, так нам объясняли. Да ещё у Яги возможны испытания, ну и кто знает, во что в результате всё выльется. Но сейчас я, закусив губу, лезу за Серёжей, а вместо страховки у нас — ремень, и страшно до дрожи.

Хорошо, что мы — единое целое, хорошо, что чувствуем друг друга, в противном случае давно бы уже повернули назад, а так — нет, так мы лезем и лезем. Пот разъедает глаза, форма уже насквозь мокрая, но я упрямо карабкаюсь вверх. Ну и что, что всё здесь взято из фильмов и ни разу не реально? Убить нас могут вполне по-настоящему, поэтому нам нужно убить их. Просто убить, и всё.

— Смотри, как расположились, — хмыкает Сергей. — Сейчас бы...

— Из рогатки можно попробовать достать, — вглядевшись, предлагаю я. — Помнишь «мобилизационный миномет»?

Старая история тридцатых годов — какой-то деятель предложил мины из рогатки класть. Это, конечно, было очень смешно, потому рассказывается как анекдот который десяток лет. Но тут из рогатки вряд ли, а вот пращой... надеюсь только, что Серёжа умеет. Жених кивает, но замирает, рассматривая у себя в руках уже не трехлинейку и не ППС, а вполне привычный калаш. Я замечаю, что его форма переменила цвет, оглядываю себя — похоже, мы сменили эпоху, оказавшись в совсем других горах.

Интересно, нас вообще по всем войнам из нашей памяти протащить собираются? Или не только по войнам? Серёжа, по-моему, только воевать умеет, а я?

— Готовьтесь к смерти! — орёт нечто, появившееся перед нами.

— Это что за уежище? — громко интересуюсь я, проверяя остаток патронов.

— Я — Кощей Бессмертный! — встав в позу, сообщает уежище.

— А что нам известно о Кощее Бессмертном? — деловито спрашивает Серёжа, вставляя гранату в подствольник.

— Ну-у-у-у... Смерть Кощеева в яйце... — что-то вспоминается мне из фольклора.

— Понял, — кивает жених, затем делает шаг, вбивая свой сапог именно в междуножие уежища, которому этот маневр не нравится.

Кощей ойкает и падает, выронив свой зазубренный меч и сворачиваясь в позу эмбриона. Тут я вспоминаю что-то о зайце в утке, которая в шоке, и уже хочу это рассказать жениху, когда уежище с хлопком исчезает. Видимо, это яйцо тоже содержит смерть, ну или с нами не хотят связываться.

— Интересно, — сообщает мне Серёжа. — Война закончилась, начались сказки, хотя в детстве я другие слышал.

— Серёженька, я вот о чём подумала, — начинаю я, глядя на то место, где только что злодей лежал. — Нам по десять лет. А чего это нас отдачей не носит, как лист по ветру?

— Потому что это всё иллюзия, — объясняет он мне. — Ненастоящее. Поэтому получивший по тестикулам Кощей исчез, а не взъярился, понимаешь?

— Ага... — киваю я. — Есть хочется и спать, а у нас тут русские народные сказки.

— Поесть? Да легко, — хмыкает жених. — Вон видишь, печь стоит? Можем пирожков напечь.

— Пирожки — это правильно, — радуюсь я, увидев заодно и вполне так подоспевшее тесто.

Ни о чём печь не спрашивая, занимаюсь готовкой. Потому что волшебная она или нет, я не в курсе, а кушать хочется. В процессе этого дела даже не замечаю, как сверху прилетает Змей Горыныч, чудом не получивший гранату в одно из рыл. Видимо, его этот факт и самого удивляет, поэтому он некоторое время молчит, позволяя мне поставить пироги в печь.

— Дети, — фальцетом произносит левая голова. — Вкусные?

— Несъедобные, — отвечает ему Серёжа.

— Раскрой глаза, — комментирует правая. — Это воины, ещё и истинные. Ну их на хрен, потом опять от богатырей огребём.

— Сейчас пироги подоспеют, все вместе и поедим, — вношу я своё предложение.

— Ты не боишься? — спрашивает меня средняя голова, опускаясь на шее пониже и с интересом разглядывая.

— Не-а, — качаю я головой. — Если что, тебя Серёжа нашинкует.

— Как есть царевна, — вздыхает правая. — Ничего не боится и верит в жениха.

Змей Горыныч задумывается, печка голосом сообщает, что пироги готовы, за что я её вежливо благодарю. При этом еды оказывается как-то очень много, поэтому хватает и Серёже, и мне, и Змею, несколько удивлённому тем, что его не боятся, не пугаются, не пытаются нашинковать, а угощают. Поев, мы отправляемся дальше. Серёжа при этом задумчив.

Я тоже задумываюсь, потому что напугать нас, заставить повернуть обратно такими способами просто невозможно. Война нам привычна, гражданской жизни мы не знаем, а сказки... Понятно, что со сказками. Кощею всандалить, Горыныча покормить, кто там ещё? Людоед? Мы с Серёжей таких видели, что людоед по сравнению с ними — лапочка. Разве что инопланетяне ещё, но о них я, например, только «Чужого» смотрела, а там надо просто стрелять. От войны ничем не отличается, так что разницы-то. Моральными вещами можно озадачить, по-моему...

— О, яблонька, — вижу я дерево, что-то о нём вспоминая. — Серёж, яблочко хочешь?

— Давай, — кивает он, останавливаясь. — А то ей вишь, как тяжело? И нам витамины.

Я тянусь к яблочку, чтобы сорвать его, а оно сразу же падает на землю, куда-то укатываясь. Причём полное ощущение создаётся, что само из рук вырвалось. Интересно...

— Иди за яблочком, — слышим мы женский добрый какой-то голос. — Приведёт оно вас к вашей цели...

— Пошли, любовь моя, за маячком, — хмыкает жених. — Не судьба нам яблочек поесть.

— Успеем ещё, — киваю я ему, понимая, что сказка продолжается.

В принципе-то, всё логично, мы же дети... Того, что мы военные души, никакая сказка рассчитать не может, так что иллюзии продолжаются, а тот факт, что мы спокойно идём, ещё ничего не значит. Серые волки нас не испугают, как и дикие коты, а вот что способно испугать ребёнка с таким прошлым, как у меня, например... Я знаю, что именно это может быть, ещё как знаю, но не думаю, что до такого дойдёт, всё-таки сказки у нас больше добрые.

Внезапно, без перехода, я оказываюсь на знакомой до последней выщерблинки спортивной скамье своего детства. Дёрнувшись, понимаю, что привязана и одежды на мне нет. Видимо, теперь иллюзия берёт картины из моего детства. Значит, сейчас будет больно, как было в детские годы. Не знаю, за что в этот раз, да и неважно, потому что я вся сжимаюсь. Вполне рефлекторное движение любого ребёнка, которого бьют.

— Зачем вы попёрлись в лес? — слышу я спокойный голос своей мучительницы. — Этот байстрюк сдох, но ты сейчас пожалеешь, что не сдохла вместе с ним!

Нет! Серёжа не может умереть! Нет! Это иллюзия, иллюзия, направленная на мой страх. И, будто подтверждая мои мысли, раздаётся тонкий свист, заканчивающийся болью. Дикой, я уже и забыла, получается, какая это дикая боль. Я теряю над собой контроль и кричу на радость мучительнице, но страшнее этой боли — отсутствие Серёжи. Страх его потерять рвёт душу сильнее, и я тянусь к любимому, тянусь изо всех сил, почти не обращая уже внимания на то, что со мной делают.

В какой момент всё исчезает, я и сама не понимаю, что падаю на тропинку, прямо к Серёжиным ногам. Задница горит огнём, но я вижу его, чувствую и реву. Живой! Живой мой Серёженька, живой!

— Что с тобой, маленькая? — слышу я такой родной голос, а самые заботливые на свете руки обнимают меня, но я рыдаю и остановиться не могу.

И мой Серёжа сидит в траве, прислонившись к дереву, держит меня в объятиях, покачивая и успокаивая, а я сквозь слёзы рассказываю ему. Я рассказываю о своём детстве, о том, как лупили, как я боялась этого. Я говорю о том, как испугалась, что с ним что-то случилось, а Серёжа меня гладит, гладит, и от его тепла мне становится спокойнее.

— Это все закончилось, такого никогда больше не будет, — говорит он мне. — Пока я жив — не будет.

И я верю ему, верю каждому его слову, ведь это же он. Я знаю, что такого больше не будет — мы вместе, а мой Серёжа убьёт любого мучителя. Потому что всё закончилось. Мы навсегда вместе, и это сейчас я понимаю всей душой, всем своим существом.

Глава четырнадцатая

— Ну, картина вполне классическая, — замечает Серёжа, когда мы выходим на лесную полянку. Действительно, посреди полянки стоит вполне такая традиционная изба на двух толстых сваях, оканчивающихся птичьими лапами угрожающих размеров. То есть, если исходить из известных русских народных сказок, внутри этого строения обитает Баба Яга, к которой нам, собственно, и надо. Страшно становится немного, ну и устала я, конечно, особенно последняя иллюзия напугала до мокрых штанов, хоть я и в платье.

— И что дальше делать? — интересуется у меня Серёжа.

— По идее, надо попросить избу повернуться, — задумчиво произношу я. — Только не так, как одна известная группа.

— Ну да, ну да, — кивает жених. — Я старый солдат и не знаю слов любви, кроме команды «Ложись!»[1], поэтому просить будешь ты.

— Избушка-избушка, повернись к лесу задом, ко мне передом, — вспомнив сказки, прошу я строение. Процитировавший старый фильм Серёжа с интересом наблюдает.

Изба начинает медленно, со скрипом, поворачиваться. Скрип у неё деревянный, только я никак не могу избавиться от ощущения, что старый танк башней крутит, — слышала я разок, как это бывает. Но степенно, не торопясь, строение поворачивается к нам своей лицевой стороной, заставляя меня судорожно уцепиться за руку любимого. Отчего-то становится страшно.

Несмотря на то что я знаю — последнее испытание было иллюзией, неправдой, мне очень нужно, просто необходимо постоянно касаться Серёжи. Как будто что-то выбило из меня уверенность, и теперь мне нужно каждую минуту, каждое мгновение убеждаться, что он здесь, со мной. Странно, но мой любимый это понимает, позволяя спрятаться в своих объятиях. Он теперь обо мне всё-всё знает, и я о нём тоже. Долгий у нас был разговор, полностью мы друг перед другом открылись.

— Дети, — констатирует появившаяся на пороге избы

---

1. Несколько изменённая цитата из кинофильма «Здравствуйте, я ваша тётя!»

вполне миловидная старушка. — Дети нашли путь к бабушке. Уже интересно, а вот то, что дети обручены — вдвойне. Ну, прошу в дом.

— Здрасьте, — придушенно здороваюсь я, желая спрятаться в Серёжиной куртке, а тот просто вздыхает и берёт меня на руки.

— Вот, значит, как... — задумчиво произносит Яга, видя, что Серёжа прикидывает, как бы подняться со мной на руках.

Она делает приглашающий жест рукой. Какая-то сила при этом поднимает нас обоих, занося на тёплых мягких лапах в дом, и опускает прямо на лавку у стола, укрытого цветастой скатертью. Старушка как-то мгновенно обнаруживается за столом, на котором сами по себе возникают самовар и тарелки с бубликами, сушками, пряниками, печеньем разной формы. Появляются и чашки, полные чёрного ароматного чая.

— Ну, давайте почаёвничаем, — предлагает нам Яга. — А там и расскажете, с чем пришли.

— Мила, присядешь? — интересуется у меня Серёжа, на что я осторожно киваю.

— Только можно, чтобы ты рядом? — тихо спрашиваю.

— Можно, маленькая, — кивает он, осторожно усаживая меня.

— Видать, непростые испытания вам выдались, — качает головой Яга. — Кушайте, кушайте.

Я отпиваю необыкновенно вкусный чай, отчего-то всхлипнув, на что любимый сразу же прижимает меня к себе. Вот мы и дошли, а что делать дальше, я не знаю. Не было в книге ничего об этом, да и во сне тоже. Наверное, надо всё рассказать, а там Яга решит, помогать ли нам.

Пока я наслаждаюсь чаем, она достаёт блюдце, берёт яблоко и, странным жестом закрутив его, кладёт на ободок. Яблоко начинает наворачивать круги по блюдцу, Яга же смотрит внутрь и то хмурится, то улыбается. Добрая у неё улыбка, хорошая, по-моему. Детскость моя оценивает бабушку по триггеру — будет бить или не будет, что ещё раз показывает — тяжело мне испытание последнее далось, хоть боль и унялась очень быстро, да и ожидаемых следов на мне нет, я специально осмотрелась.

— Так, Кощею, вижу, не повезло, — хихикает старушка. — То Добрыня всё неправильно поймёт, то воин в теле ребёнка, что неудивительно. Горыныча вы накормили, причём замечу — не собой, печка и яблонька вас очень хорошо характеризуют. Значит, получается, помочь надо, раз даже испытание страхом выдержали. Рассказывайте.

— Меня Милаликой зовут, — начинаю я, но продолжить не успеваю.

— Погодь-ка, — произносит Яга. — Милалика? Царевна?

Она машет на меня руками, явственно удивляясь всё сильнее и сильнее, потом только хмыкает, покачав головой и пробормотав что-то о затейниках. Взяв маленькую метёлку, старушка макает её во что-то и стряхивает в мою сторону, заставляя замереть, потому что вокруг меня вдруг оказывается много ярких звёздочек.

— Царевна Милалика, принесённая в жертву, выполнившая условие и вернувшаяся, — задумчиво произносит Яга. — Что за условие, я спрашивать не буду, но факт остаётся фактом. И что случилось у царевны Милалики, отчего ей во дворце не сидится?

Я опять плакать сейчас буду. Потому что память подкидывает страшную женщину, за волосы утаскивающую девочку, что смотрела с таким ужасом. Это настолько невозможно выдержать, что я даже и сказать ничего не могу. Это не мама! Не мама!

— Или её маму заколдовали, или ещё что, — отвечает Серёжа, прижимая меня к себе. — Царица нынче известна тем, что бьёт девочек определённого возраста до полусмерти. Ну и напугала мою милую.

— А царь-то что? — интересуется Яга, причём, судя по интонациям, ей действительно интересно.

— Не видели мы царя, — вздыхает мой любимый. — Может, и нет его вовсе.

— Как интересно-то... — тянет старушка. — Ну, вот что, вы сейчас поснедаете, а потом и спать уложитесь. Я же что-то узнать постараюсь, а там и решим.

— Как скажете, — я чувствую кивок жениха моего.

— Только учтите, — произносит Яга, — сны могут

быть разными, нельзя забывать, что это всего лишь сон, договорились?

— Опять сны... — вздыхает Серёжа. — Договорились.

— Я без тебя бы умерла, — констатирую я факт, а милый меня просто гладит.

Я и половины не прошла бы, не будь со мной рядом Серёжи, я очень хорошо это понимаю. Поэтому просто прижимаюсь к нему, прикрыв глаза. Почему же картина моего детства меня так вышибла из строя? Почему? Я не могу этого понять — ведь осознавала же, что это всё иллюзия, отчего тогда мне так страшно даже на миг остаться без Серёжи?

— Испытаний слишком много у моей маленькой, — негромко объясняет мне жених. — А мы всё равно дети, и такие испытания нам хорошо не делают, понимаешь?

Передо мной двое, а я должна сделать выбор. Такова цена за помощь Яги. Один из них меня забудет навсегда и никогда не вспомнит. Никогда не узнает, не погладит, не скажет, какая я любимая, поэтому я не отрываясь смотрю на маму. В этот час я навсегда прощаюсь с мамой, потому что для меня выбор очевиден.

Делая шаг к Серёже, я пытаюсь запомнить маму, её глаза,

её руки и улыбку... Пусть она никогда меня не вспомнит, но я буду помнить. Я буду всегда помнить, хоть и видела её только во сне. Жаль, что всё так заканчивается, но взамен она будет счастлива, у неё будет другая доченька, которую будут любить. И поэтому я плачу. Даже не заметив, как вновь оказываюсь на печи рядом с Серёжей, я плачу навзрыд. Плачу, не в силах сдержать и перенести свой выбор, потому что отныне у меня есть только Серёжа — и больше никого.

— Жестокие шутки, Яга, — глухо говорит мой Серёжа, без которого я уже не смогу. Ничего не смогу — ни жить, ни даже дышать.

— Не от меня это зависит, отрок, — сообщает ему голос Яги. — Напои невесту отваром да расспроси.

— Что случилось, маленькая, расскажи, — просит меня мой единственный, осторожно вливая мне в рот что-то терпко-горькое.

— Це-цена, — шепчу я ему. — Чтобы Яга по-помогла, на-надо вы-выбрать...

Я почти не могу разговаривать, кажется, лежанка печи, на которой я лежу, дрожит вместе со мной, а я рассказываю — о голосе, о выборе и о решении своём. Я рассказываю, а Серёжа меня гладит, пытаясь взять хоть немного моей боли на себя. Яга же как-то очень сокрушённо вздыхает и мгновенно оказывается подле меня.

— Девонька, — ласково произносит она. — Никто не может заставить тебя делать такой выбор. Вы связаны уже, потому нельзя вас разлучить, а отбирать маму... Не настолько мы звери, малышка.

— Мама меня не забудет? — я будто становлюсь какой-то совсем маленькой. — И Серёжа?

— Никто тебя не забудет, — вздыхает старушка, потянувшись меня погладить.

И от этой ласки я плачу пуще прежнего. Мне кажется, в последнее время я стала какой-то плаксой, потому что реагирую слезами на что угодно, а Серёжа просто объясняет мне, что я совсем не плакса — это тело у меня детское, и психика просто не справляется с таким количеством стрессов, что меня накрывали за последнее время. Я и сама это понимаю, но просто хочу стать маленькой-маленькой и спрятаться, чтобы не нашли.

— Как успокоится, встанете, позавтракаете, — произносит Яга. — И полетим смотреть на царицу, да и на всё житье-бытье.

— Она нас не видела, — говорит Серёжа, продолжая меня гладить. — Просто насквозь смотрела и злющая была...

— Ничего, меня увидит, — неприятно ухмыляется старушка. — И меня увидит, и вас увидит, да и посмотрим, кому что в голову взбрело.

Я, кажется, засыпаю, потому что оказываюсь во сне, где мамочка добрая. Она внимательно смотрит на меня, будто высматривая что-то в моих глазах. Просто смотрит, и столько в её взгляде ласки, что я не могу удержаться —

опять плачу, как-то мгновенно оказавшись в объятиях мамочки.

— Что бы ни случилось, Милалика, — произносит мамин голос, — всегда помни, что мама тебя любит.

Как будто именно эта фраза выключает сон, возвращая меня обратно. Я обнаруживаю себя сидящей за столом, облокотившись на Серёжу. Передо мной, по-моему, гречка с молоком и вареньем, то есть вполне хороший и полезный завтрак. И вот тут я, взявшись рукой за ложку, чувствую сильное головокружение.

— Яга! — слышу я как через вату голос любимого.

— Эдак у Милалики и сердечко заболеет, — отвечает ему голос Яги. — Покорми-ка её, мне она не доверится, а сама сейчас просто не сможет.

— Всю жизнь мечтал любимую кормить, — хмыкает Серёжа, и в то же мгновение в мои губы тыкается ложка.

Он что, действительно меня кормит? Я послушно открываю рот, а сама пытаюсь собраться с мыслями, абстрагируясь от происходящего. Ну же! Я ведь почти доктор! И стоит мне об этом вспомнить, как я понимаю, что именно происходит. Ответ настолько прост, что я едва не давлюсь восхитительной кашей, в последний момент успев её сглотнуть.

Мне десять лет. Я, конечно, и офицер, и военная, и контрразведчица, и много чего сверх того, но мне десять лет. У меня тело и мозг ребёнка, а этот самый ребёнок под спудом жить не может. Если держать организм постоянно в стрессе, то мы получим «синдром воспитанника», никогда не заканчивавшийся ничем хорошим. Как это всё Серёжа выдерживает — совсем другой вопрос, но у меня так или башню собьёт, или сердце в тёплые края улетит. Мне нужно отдохнуть, согреться, успокоиться, вот и всё. Тогда перестанет трясти, и я хотя бы сама поесть смогу.

— Доедайте, дети, — вздыхает Яга. — Сейчас полетим в столицу, посмотрим, кто это там такой умный.

— Совсем нехорошо с Милаликой, — произносит Сергей. — Эдак нам госпиталь понадобится.

— Докормишь, отваром ещё напои, это даст нам время, — произносит легендарная наша бабуля. — А там, если всё хорошо случится, лекари и не понадобятся.

— Я уже почти, — негромко говорю я ему, открывая глаза. — Препубертат и обилие стрессов, вот меня и растопырило.

— Хорошо, что ты это понимаешь, — кивает мой самый-самый. — Поэтому доедаем, отвар целебный пьём и топаем, то есть летим.

Хорошо, что у Яги есть свой транспорт, и весь наш путь, особенно первую его часть, повторять не придётся. Мне бы очень не хотелось участвовать в просмотренных в детстве фильмах вот в таком качестве, тем более что со здравым смыслом были некоторые нюансы. И девятикилограммовый автомат, не дающий отдачи, и пулемёт, не самый простой в обращении... Ну, в общем, кино есть кино, и ничего тут не поделаешь. По мозгам только хорошо дало, да так, что в результате только спрятаться и хочется. Но пока нельзя, поэтому я встряхиваюсь, отбираю у Серёжи ложку и быстро съедаю остатки завтрака, запив его терпким настоем.

— Вот и хорошо, — кивает Сережа, поднимаясь на ноги. — Пойдём, не будем бабушку заставлять ждать.

Куда делась Яга, я, кстати, так и не заметила, но киваю жениху, выходя на порог дома. Ну вот какой транспорт может быть у бабы Яги? Правильно, ступа. Именно эта ступа нас ждёт у самых ног избы, а вокруг неё ходит Яга. Соотношение размеров говорит мне, что ступа немного больше, чем мне представлялось по картинкам к русским народным сказкам, ибо бабушка значительно её ниже.

Впрочем, долго размышлять нам не следует — ждут же нас, поэтому я спокойно спускаюсь с высокого порожка, уже не пугаясь скачком изменившихся размеров транспорта. Ну что, в добрый путь?

Глава пятнадцатая

Дороги я не вижу, потому что сижу внутри ступы на скамеечке в обнимку с Серёжей. То есть для меня весь путь складывается из свиста ветра, идущего откуда-то сверху. Но это и неважно, потому что очень комфортно мне в руках любимого, и ничего другого просто не хочется.

— О! Яга! — доносится откуда-то сверху знакомый голос правой головы Змея Горыныча. — Бесчинствовать летишь?

— Где-то так, да, — соглашается с ним бабушка. — Хочу посмотреть, кто у нас царей нынче заколдовывает и их детей убивает.

— Это не я! — сразу же открещивается голос. — И не Кощей, он, по-моему, опять с Добрыней подрался.

— Не с Добрыней, — хихикает Яга.

Вот такие разговоры с разными мимо пролетающими и доносятся до нас время от времени, а потом ступа входит в пике, судя по моим ощущениям. Я вцепляюсь сильнее в Серёжу, он успокаивающе гладит меня по голове, а затем наш транспорт тихо бумкает о землю. Сверху спускается Яга, снимая пилотские очки — навскидку начала двадцатого века, я такие в фильмах видела.

— Ну что, касатики, — хмыкает яркая представительница мифологии. — Пойдём посмотрим, что у нас произошло, пока бабушка от дел отдыхала.

— Пойдёмте, — соглашается Серёжа, помогая мне подняться.

— Сейчас мы во всём разберёмся, — громко сообщает Яга. — Так, а стража где?

— Не было, — качаю я головой.

— Очень интересно, — заявляет старушка и, молодея на глазах, идёт вперёд.

Я бы никогда в такое не поверила, если бы не видела сама — Яга просто с каждым шагом молодеет, превращаясь в женщину лет сорока, то есть довольно-таки молодую. Мы шагаем по коридору — впереди Яга, за ней мы с Серёжей. Навстречу нам выбегает давешняя девочка, следом слышится злобный крик, обещающий ей кары небесные, ну и что ещё в таких случаях обычно обещают.

— Стоп, — спокойно произносит Яга, и девочка

замирает посреди шага, как будто её заморозили. — Это ещё что такое?

— Её бьют сильно, — сообщаю я.

— Бьют... — задумчиво произносит легендарная, затем смотрит вдоль коридора, где стоит замершая... та женщина. — Интересно как. А царица где?

— Вот, — показываю я пальцем.

— Нет, — качает головой Яга, хлопая в ладоши.

Девочка становится двумерной, как нарисованной, после чего исчезает, а образ мамы стекает с незнакомой женщины, заставив меня вскрикнуть. Сергей уже привычно прижимает меня к себе, погладив по голове. Мне очень интересно, что это значит, но я молчу, чтобы не мешать представительнице мифологии, выглядящей уже далеко не самой доброй.

— Варвара, — констатирует между тем Яга. — Что ты здесь делаешь, и где царь с царицей?

— Яга... Это не я! Не я! — визжит названная Варварой. — Меня заставили! Камень!

— Камень... — задумчиво произносит нестарая бабушка, хлопнув в ладоши ещё раз. Варвара исчезает. — В темнице посидит, — объясняет она нам. — Потом расспросим.

— Кто это? — тихо спрашиваю я.

— Подмена это, царевна, — сообщает мне Яга, двинувшись дальше по коридору. — Подмена и попытка что-то скрыть... А то и царство, значит, под себя подмять.

Я не очень понимаю, о чём она говорит, даже, скорее, совсем не понимаю, поэтому просто следую за ней, пытаясь сообразить, что вообще вокруг происходит. Я осознаю, что всё не настолько просто, как мне казалось, и как бы это не означало, что нас ждёт продолжение приключений. Но я доверяю Яге, да и не зависит от меня совершенно ничего, поэтому следую за женщиной.

— Тебя подменили девчушкой этой, Несмеяной, — объясняет Яга, не останавливаясь. — На деле её не существовало, она лишь концентрация детских страданий, что подпитывала иллюзию. Как Варвара в царской личине оказалась, мы потом узнаем ещё, а вот где твои родные...

Хочу плакать. У меня скоро истерика будет такими темпами, потому что сил уже никаких нет. Не понимаю я происходящего, отчего мне горше во много раз.

— Ага! — удовлетворённо произносит Яга, входя в какую-то комнату.

На большой кровати лежат двое — мужчина и женщина. Я вглядываюсь в их лица, совершенно не узнавая обоих, но Ягу это, видимо, не беспокоит. Она трижды бьёт в ладоши, в комнате вдруг поднимается ветер, закручивая невесть откуда взявшиеся листы бумаги, а двое лежащих преображаются.

— Мама! Мамочка! — кричу я, бросаясь к спящей женщине и обнимая её. — Мама! Проснись, мамочка!

— Не всё так просто, царевна, — качает головой легендарная наша. — Тут другой подход нужен.

— Мамочка... — заливаю я слезами никак на это не реагирующую царицу.

Я будто действительно становлюсь десятилетней не только внешне, но и внутренне, растеряв весь свой опыт и знания. Обнимаю мамочку, желаю растормошить и плачу навзрыд. Никто и не пытается меня от неё оторвать или что-то сделать, в комнате будто бы и нет больше никого — только она и я. И я всем сердцем, всей душой своей зову её, зову изо всех сил. Перед моими глазами уже темно, руки немеют, но я вкладываю всю свою душу в этот зов, а затем, кажется, теряю сознание.

— Мила! Очнись, родная! — просит меня Серёжин голос.

Я открываю глаза, ещё не понимая, что происходит вокруг. На кровати всё так же лежат двое, я лежу в Серёжиных руках, но не могу и пошевелиться — слабость сильная у меня. Я понимаю, что мамочка в каком-то варианте летаргии, но просто не знаю, что нужно делать. Я не хочу её терять! Не хочу! Ни за что! Ну помогите же хоть кто-нибудь!

— По правилам, — произносит Яга, — нужно вам идти за яблочками чудесными, чтобы разбудить родных.

— Приключения продолжаются, — тяжело вздыхает Серёжа. — Выдержит ли Мила?

— Ну, так то по правилам, — говорит легендарная наша. — Но есть и другой путь, здоровье на здоровье обменять.

— Это как? — не понимает мой жених.

— Милалика пожертвует частью своего здоровья, — объясняет Яга. — Ну, скажем, ходить не сможет или руки отнимутся, а царица взамен проснётся. И если любовь её сильна, а твоё терпение велико, то вернётся способность ходить к девочке твоей.

— Я её никогда не брошу, — произносит Серёжа. — А мать не оттолкнёт, если она настоящая мать. Я верю в это, так что...

— Что, любимый? — спрашиваю я его, потому что ничего не понимаю.

— Яга предлагает паралич твоих нижних или верхних конечностей в обмен на маму, — объясняет мне мой самый любимый.

Я задумываюсь. В сказках, по-моему, такого не было, но я понимаю, что именно происходит, ведь Яга — нечисть. Она меня проверила, Серёжу тоже, и теперь хочет проверить мамочку, не оттолкнёт ли та... калеку. Папа — я и не знаю, а вот мамочка, я верю, будет любить меня такой, какой стану. Вижу, что Яга ждёт моего решения, и вздыхаю. Я ведь просто тяну время, потому что сразу же решилась.

И открываю рот, чтобы озвучить своё решение.

Рук своих я не чувствую, но мне это сейчас и неважно. Меня мамочка обнимает, она зацеловывает моё лицо, прижимает меня к себе изо всех сил. А руки... Руки выбрала Яга, сказав, что мне нужно научиться не всегда быть сильной, потому что я — девочка. Так себе обоснование, но я выбрала, и в тот самый момент, когда мои руки бессильно повисли, более не ощущаясь, на меня налетает мамочка.

— Милалика! Живая! Доченька родная, — она зацеловывает меня, а я чувствую подступающий страх — что будет, когда она узнает? — Вернулась, цветочек мой!

— Что произошло? — раздаётся почти забытый мною голос отца.

— Дочь твою замучили, — объясняет ему Яга. — А вас усыпили да подменили.

— Чем она пожертвовала? — голос батюшки суровеет, и мне вдруг становится очень страшно, да так, что пронизывает дрожь.

— Что с тобой, доченька? — пугается мамочка, принявшись меня ощупывать.

— Она отдала руки... за вас, — слышу я бесконечно родной Серёжин голос, а его руки обнимают меня за талию. — И теперь боится.

— Руки?! — поражённо замирает мамочка, а потом обнимает нас с Серёжей обоих, продолжая время от времени целовать меня. — Не бойся, доченька, мама тебя любит, любит любой.

— Доченька... — батюшка даже, кажется, от волнения говорить не может, но всё же берёт себя в руки, принявшись расспрашивать Ягу.

— Истинная любовь... — слышу я.

— Любимая! — зовёт мамочку папочка. — Детей не разделяй, они истинные!

— В таком возрасте? — поражённо спрашивает мамочка. — Так...

Я понимаю только одно: меня не бросят, не оттолкнут, а мамочка всё равно любит. Меня перекладывают на кровать, Серёжа негромко рассказывает о нашей эпопее, а я лежу головой у мамы на коленях, глотая слёзы. Я не прислушиваюсь к тому, что говорит жених, наслаждаясь маминой близостью и лаской. Батюшка интересуется у Яги, почему руки, а не ноги, но ответа я не слышу, потому что растворяюсь в мамином тепле. Чувствую её руки, и пусть я больше не смогу её обнять, но главное, что она есть.

Меня переодевают в четыре руки, а затем мамочка велит принести обед. Она меня от себя просто не отпускает, не даёт мне почувствовать, чего я лишилась.

— Алёна, сердце дочери посмотри, — просит её Яга. — Настрадалась она так, что без суженого своего даже дышать уже не может.

— Всё посмотрим, — произносит мамочка. — И сердечко посмотрим, и колдовать научим так, чтобы руки не нужны были, и вылечим нашу красавицу.

А мне вдруг кажется всё вокруг нереальным, каким-то невозможным, будто во сне. Я смотрю вокруг, ощущая себя совсем непонятно, а затем глаза будто сами собой закрываются, и я куда-то плыву, плыву, не понимая куда. Я, конечно, не осознаю, на что подписалась, понимая, что истерика ещё впереди, но это же ради мамочки! И я знаю: ради мамочки я готова абсолютно на всё. Вот только каково будет Серёже теперь? Хотя я ему верю, а он меня не бросит, потому что просто не умеет — ведь это мой Серёжа.

Я открываю глаза, оказавшись в объятиях того, о ком только что думала. Он задумчиво смотрит куда-то прямо перед собой, время от времени поглаживая меня. Какой он у меня красивый, просто не описать какой! Стоит мне открыть глаза, и сразу у рта появляется кружка-поильник, а Серёжа начинает мне рассказывать.

— Мама твоя отошла ненадолго, но скоро вернётся, — говорит мне любимый. — Школа у нас с тобой пока отложилась, потому что царица сама учить нас будет. И плакать не нужно. Мы справимся.

— Я тебя люблю, — отпив воды из кружки, реагирую я.

— Руки у тебя отнялись не навсегда, — продолжает Серёжа. — Может, на год, может, меньше. Это зависит от нас и от тебя.

— А от меня как? — удивляюсь я.

— Не будешь опускать руки, а начнёшь хорошо заниматься, — объясняет мне жених. — Сможешь колдовать без них, раскачивая проклятье.

Вот о проклятье мне становится интересно, что Серёжа очень хорошо понимает, поэтому принимается мне объяснять, что именно было с мамочкой и папой. Силой моего страдания их запечатали в телах, и получилось это сильное проклятье. Я же взяла его на себя, оно легло на мои руки волею Яги. Но теперь нужно с руками делать то же самое, что пришлось бы делать с родителями — раскачивать проклятье, чтобы оно осыпалось, а для этого нужно много учиться. Ну а так как мы с Серёжей едины — то учиться обоим.

— Серёж, — обращаюсь я к нему, — мне бы в туалет.

— Ну пошли, — спокойно отвечает он.

И тут я понимаю, что имела в виду Яга — мне же надо спустить бельё, поднять подол, а потом всё это обратно нацепить. Рук у меня нет, значит, делать это будет Серёжа... Ой. Одно дело — покормить, а другое — вот так. Но тут или я ему доверяю, или нет. А я доверяю, поэтому плетусь в сторону уборной.

Ну, он-то, конечно, и не такое видел, девичьей пис... первичным половым органом его не напугаешь, но мне-то смутительно! Зато, с другой стороны, если батюшка отлупить вознамерится, я и сопротивляться не смогу. Хотя, если захочет, то пусть лупит, раз ему такое нравится...

Уже сидя на унитазе, прокручиваю в голове только что произошедшее, поражаясь тому, как Серёжа сумел меня заболтать настолько, что я и смутиться не успела, просто хлоп — и на унитазе. Интересно, это у него опыт или он просто всё умеет, как истинный рыцарь? Встав, я добиваюсь только падения подола, на что Серёжа... Он поворачивает меня, а потом берётся своими руками за мои, ничего не чувствующие, и ими натягивает трусы на каноническое место. Я просто замираю от этой процедуры и нахожусь в ступоре всё то время, пока Серёжа моет мои руки, держа их в своих, вытирает, а затем ведёт меня за собой.

Я не чувствую того, что он делает, только вижу, но мне от этого так тепло и думать о плохом не хочется. Любимый говорит мне, что теперь он будет моими руками, и моя уже подступившая истерика неожиданно исчезает. Действительно, чего истерить? У меня есть Серёжа, который меня не оставит, есть мамочка, папочка, ну а то, что я не могу чего-то делать, так любимый же всё объяснил — надо просто расшатать проклятье. Вот когда он это объясняет, мне становится вполне спокойно. Так мы и выходим в трапезную, кажется.

Серёжа сажает меня себе на колени, берёт мои руки в свои и под удивлённым взглядом папы принимается кормить, хотя кажется, по крайней мере мне, что я ем сама. Сидящая рядом мамочка только улыбается, не забывая поглаживать то Серёжу, то меня по голове. Я тоже улыбаюсь, и истерить мне совсем не хочется.

Глава шестнадцатая

Я начинаю привыкать, хотя понимаю теперь, какую важную роль в моей жизни играли руки. Без ног было бы проще, а вот без рук я оказалась бы абсолютно беспомощной, если бы не Серёжа. Как он заботится, как он постоянно рядом, как он делает всё моими руками — даже моет меня! Откуда мой жених знает, как правильно мыть девочек, я и не спрашиваю, но он действительно становится моими руками, и мне уже не так страшно и не так плакательно. Я знаю, за что отдала руки, и повторила бы снова свои слова, но...

— Ирод! Ирод коронованный, ты где там? — зовёт мамочка папочку.

Она не ругается, просто зовёт — это они так шутят между собой, получается, хотя мне поначалу это странно было. Нужно, значит, от папы маме что-то, но папа не откликается, следовательно, надо подождать. Серёжа обнимает меня, а мы ждём, когда гладящая меня мама начнёт нас учить.

— Ну вот почему сразу ирод-то? — доносится со стороны уборной голос папы. — Дела у меня, государственные!

— Мантию из штанов вынь, — советует мамочка, сразу же переходя к делу. — Указ пиши!

— Какой указ? — удивляется царь, но в ладоши хлопает. — Писаря! — приказывает он слуге.

— Сыночек наш с доченькой обручён, — спокойно объясняет мама. — По древнему обряду, но нужно это и закрепить, понимаешь?

— Да, точно! — кивает папочка и уходит вершить государственные дела, а мамочка поворачивается ко мне.

— Историю твою я теперь знаю, — мягко говорит она мне, ещё раз погладив. — Теперь я расскажу тебе что было, а потом — что будет. Уговор?

— Уговор, — киваю я, опираясь спиной о грудь Серёжи.

Ну как сказать? Смерть права, дура я. Точнее, была дурой, потому что меня классически пробили на жалость для спасения... котёнка. И вот эта юная спасительница пронесла во дворец некий камень, отключивший обереги как дворца, так и царской семьи. Для чего в результате это было проделано, сейчас начнёт разбираться стража, а не десятилетний ребёнок, пусть и с опытом офицера контрразведки — но в произошедшем виновата я. И в том, что случилось с мамой, и в том, что со мной. Поэтому мои руки можно считать адекватным наказанием за глупость. Ну и безрадостное детдомовское детство тоже.

Внимательно выслушав маму, я встаю из рук Серёжи, чтобы упасть животом на мамины колени. Жених, что характерно, даже не дёргается, отлично всё понимая, мамочка же ловит меня и некоторое время молча смотрит в недоумении. А я просто жду, потому что сказать нечего. Борясь с рефлекторной детской реакцией, зажмуриваюсь и прикусываю губу, чтобы не кричать.

— Что случилось, доченька? — обеспокоенно спрашивает мама. — Почему ты так легла?

— Любимая осознала, что виновата во многом, точнее, была виновата, — спокойно объясняет Серёжа. — Поэтому просит её наказать, чтобы она опять была хорошей.

— Как наказать? — не понимает мамочка, причём по голосу я слышу, что она действительно не понимает.

— Мила, — я чувствую гладящую меня руку любимого, — воспитывалась в детдоме, это приют для детей, не имеющих родителей. И там их наказывали только одним способом.

— Ох... — вздыхает мамочка, немедленно переворачивая меня лицом вверх. — Милалика, — серьёзно говорит она. — Никто и никогда не будет тебя бить. Ты уже более чем наказана, при том что твоей вины в произошедшем было немного. Это, скорее, наша вина — мы тебя не научили, понадеявшись на стражу.

— Но из-за меня же... — пытаюсь я объяснить своё видение.

— Ты ребёнком была, и сейчас ребёнок, — поясняет улыбающаяся мамочка. — А детям свойственно сопереживание.

Я задумываюсь. Несмотря на моё желание быть наказанной за всё сотворённое, я понимаю — мамочка права, даже больше, чем права. Трудно от домашнего ребёнка в десять лет требовать большого ума, поэтому вполне логично, что ключик ко мне подобрали, вот, правда, зачем — это пока непонятно, но папочка всё узнает, а я... Получается, я уже наказана, и нужно очень-очень стараться быть хорошей девочкой, раз «охорашивать» меня традиционными способами не согласны.

— А теперь мы будем учиться, — сообщает мне мамочка. — Сначала я покажу тебе несколько движений, а потом ты будешь их отрабатывать и слушать меня.

— Да, мамочка, — киваю я, продолжая лежать в той же позе.

Мама показывает движение, затем Серёжа несколько раз проделывает его моими же руками, а затем я должна в своём воображении делать то же самое, представляя, что работаю руками. Мамочка же начинает рассказывать теорию, ну, как я понимаю. Она сначала говорит о том, как устроен мир вокруг нас, про Навь и Явь, и ещё про какую-то Правь.

— Наш мир замкнут, так что ни уйти отсюда, ни сразу же попасть в него невозможно, — объясняет мамочка. — Поэтому новые ученики приходят сюда через так называемые «воображаемые миры». То есть сначала они оказываются в том мире, который им известен, при этом выбирается самый страшный и жестокий. Для чего?

— Чтобы сказка принималась избавлением, — говорю я, уже сообразив, почему мир «лихих девяностых» походил на плохой сериал.

— Именно так, — кивает мне мамочка. — Школа ворожейская, да и весь наш мир новенькими принимается как волшебная сказка, хотя именно волшебства тут не так много. Но и попадают к нам только те, кому некуда идти, это ты уже знаешь.

— Знаем, — кивает Серёжа. — Марья просветила. А после школы?

— После школы все предпочитают оставаться здесь, — улыбается мамочка. — За десяток лет привыкают, и возвращаться туда, где они никому не нужны, уже не хотят.

— Ну, причина такого вполне понятна, — произносит жених, погладив меня по голове.

Я тоже понимаю, зачем нужен постоянный приток новой крови, а так как ворожить здесь умеют абсолютно все, то старт после школы имеет каждый. Легче девочкам, конечно, у них проблема чаще всего сводится к «выйти замуж», но бывают и те, кто хочет чего-то добиться. И добиваются, кстати. То есть ситуации типа соблюдения «Домостроя» здесь нет. Хочешь — замуж ступай, хочешь — твори себя сама. Тут можно даже мужским делом заниматься, но и отношению тогда не удивляйся — никто скидок делать не будет. В общем, кажется мне, что мир Руси построен очень даже справедливо.

Ну, в моём случае вариантов уже нет. Во-первых, я царевна, а во-вторых, в плане замужества уже никому не интересна, потому что нашла свою истинную любовь. То есть я, выходит, пристроена. Хи-хикс. Серёжа, кстати, тоже хихикает, понимая, о чём я думаю. Получается у меня, что впереди ждёт только хорошее — школа, балы, а всё плохое уже закончилось. Ну, время покажет, конечно...

Когда мне удаётся взглядом приподнять стакан, я, конечно же, сразу теряю концентрацию, что не мешает мне громко завизжать. Серёжа обнимает меня, прижимая к себе спиной и шепча на ушко, что у нас всё получится. И я ему очень-очень верю, потому что у меня получилось же! Мамочка, пришедшая на шум, останавливается в дверях, посмотреть на то, как я ликую. У меня же действительно получилось, поэтому это очень большая радость, просто запредельная. Кажется, ещё немного — и я смогу всё делать сама даже и без рук, но это, конечно же, не так.

Ведовство и колдовство — это разные науки, оказывается. Если первое касается в основном заговоров разных да сил природы, то второе ближе к быту. Проклятье мы раскачиваем колдовством, использующим мои собственные силы, но и о ведовстве не забываем. По крайней мере, так мамочка говорит, и я ей верю.

Я пытаюсь повторить успех, что с ходу у меня не выходит, но расстраиваться не спешу, потому что меня Серёжа гладит. Он очень хорошо моё настроение чувствует, ну и желания тоже, поэтому и не позволяет плакать — сразу гладить начинает, а плакать, когда с тобой так бережно обращаются, совершенно невозможно.

— Давай поедим? — предлагает мне жених, взглянув на часы. — А потом спросим, чего навыясняли.

— Тебе тоже интересно, — улыбаюсь я. — Ладно, пойдём.

У него тренировки на укрепление рук, потому что оружие здесь в основном холодное, а чтобы крутить мечом, знаний недостаточно — нужна и сила в руках. Поэтому утро у нас начинается с зарядки — и у Серёжи, и у меня. Мой любимый делает пассивную зарядку моим рукам, а приседания и качание пресса, например, — это я сама. То, что руки не работают, —

ещё не повод терять форму, ногами тоже много чего сделать можно.

Мама видит, что я поднимаюсь, и подходит ко мне, чтобы взять на руки. Я ходить и сама могу, но ездить у мамы на руках очень приятно, ведь это же мамочка. И она меня носит на руках, позволяя растворяться в её тепле, хотя я уже крупновата и тяжеловата. Но мамочка после всего произошедшего просто не хочет меня из рук выпускать, чтобы отогреть, ну и показать, что не винит меня. Я всё это понимаю разумом, ведь я же — офицер, но всё равно ребёнок, поэтому мне хочется быть у мамы на руках и ни о чём не думать.

— В трапезную? — спрашивает меня мамочка. — Пойдём, посмотрим, чем нас нынче повара порадуют.

— А допросили Варвару? — интересуюсь я, чувствуя мамины руки.

— Допросили, — поморщившись, кивает мамочка.

Она усаживает меня за стол в трапезной — это комната такая большая, где положено принимать пищу. То есть только в этой комнате и положено, в других нельзя, хотя исключения, конечно, бывают. Мне же просто нравится есть за одним столом со всеми, да и привычно — детский дом, училище, армия...

— Допросили, — повторяет мамочка, ожидая, пока слуги сервируют обед.

— Власть или деньги? — интересуется Серёжа, но я с ходу не понимаю, о чём он.

— Умный мне зять достался, — хмыкает мамочка. — Деньги, Серёжа. За казнокрадство у нас положена смертная казнь, но есть ещё люди, считающие, что достаточно просто иметь много золота, чтобы быть вне закона.

— Погодите, — тут доходит и до меня. — Вы хотите сказать, что всё это — убийство, проклятье — ради железок? Ради жёлтых кругляшков?

— «Нет такого преступления, на которое не пойдёт капитал ради трехсотпроцентной прибыли», — цитирует Маркса мой любимый. — Так что всё логично, но это повод пересмотреть систему охраны.

— Охраной занимаются, — кивает мамочка.

— Начальник охраны просто дурак или в доле был? — продолжает Сергей. — Всё-таки взломать систему охраны через ребёнка — ход довольно стандартный.

— В доле, — внимательно посмотрев на моего жениха, отвечает мама. — А какие ещё варианты есть?

— Через слуг, например, — пожимает плечами любимый. — Пропускной режим нужен, причём не только на колдовстве построенный. А ещё — кто-то, кровно заинтересованный в том, чтобы ничего не случилось. Давай поедим...

Серёжа привычно уже берёт мои руки в свои, начиная меня кормить. Как-то у него получается погасить мою грусть по поводу рук, мягко очень и без давления. И в туалете тоже... Мама хотела приставить слугу, но Серёжа не дал, и я тоже не дала — он всё делает моими руками, отчего мне кажется, что я сама, а его я не стесняюсь. Чего здесь стесняться-то? Мы вместе, навсегда.

Сначала я ещё думала, что ему неприятно, но жених мой меня разубедил. Причём как-то очень мягко он это сделал, уверив меня, что ему неприятно быть не может. Мне это странно на самом деле, хотя, ставя себя на его место, я понимаю — то же самое делала бы. Значит, он меня любит, сильно-сильно, как и я его. Это же хорошо? А проблема рук — она временная, я знаю это, да и привыкаю уже. Будь дело в детдоме, там — да, там это была бы катастрофа, а здесь что? Меня любят — и Серёжа, и мамочка, и папочка, обо мне заботятся, чего ныть?

Сегодня, после того как у меня получилось приподнять стакан, было у меня ощущение странное там, где руки должны быть. Во время еды я пытаюсь представить ток горячей жидкости в руках, как мама объясняла — текущая вперёд и назад жидкость, согревающая руки. Я их не чувствую, поэтому сосредоточению процесс еды не мешает.

— Сегодня пойдём гулять, — информирует меня жених. — Кстати, как здесь со временами года дело обстоит? Мама?

— А это зависит от того, где вы находитесь, — улыбается мамочка. — Кому-то хочется снега, кому-то — тепла. Мир-то у нас колдовской, потому смены времён года нет. Но туда, где лежит снег, отправиться можно.

— Пока не нужно, — качает головой Сергей. — Трудно это всё для восприятия на самом деле. А деревья, хлеб, овощи? Им же нужна смена времён года.

— На самом деле нет, — улыбаюсь я. — Вспомни парниковые овощи, тут, насколько я понимаю, принцип тот же. А куда мы гулять пойдём?

— Ну, сегодня вокруг дворца погуляем, — задумчиво произносит мой жених. — Далеко отходить не будем, ибо поспешать надо медленно.

— Хорошо, — киваю я, а мамочка смотрит с улыбкой на нас обоих. — Как скажешь. Мамочка... — зову я.

— Мне нужно будет заново учиться ходить и танцевать, — извещаю её я. — А то это всё у меня только во сне было, но приоритет-то у нас военный... Только можно, чтобы ты?

— Можно, маленькая, — кивает мамочка, отлично поняв, что я хочу сказать. — Хватит тебе боли.

Глава семнадцатая

Сегодня прямо с утра меня что-то беспокоит. Непонятное ощущение вызывает желание ворочаться и подёргиваться, но я лежу спокойно, пытаясь осознать, в чём дело. Осознаётся с большим трудом, но тут просыпается Серёжа. Вот, кажется, только спал, трогательно приоткрыв рот, и тут же, без перехода — на меня смотрят его внимательные глаза, полные нежности.

— Что, любимая? — интересуется жених.

— Беспокоит где-то, не могу понять, — признаюсь я.

— Ну, сейчас посмотрим, — деловито отвечает мне Серёжа, начав меня гладить, ощупывать и щекотать.

— Хи-хи, — не выдерживаю я, на что мой самый-самый начинает улыбаться.

Улыбка будто подсвечивает изнутри его лицо, она такая радостная, даже, можно сказать, счастливая, и глаза словно начинают гореть ярче. Он обнимает меня крепко-крепко, принявшись целовать. Я не понимаю, в чём дело, но Серёжа заражает меня своей радостью, отчего и я начинаю улыбаться.

— Ты руки свои чувствуешь, любимая, — говорит он мне наконец. — Просто отвыкла, но теперь ты их чувствуешь.

Не верить ему я не умею, поэтому моментально оглушаю моего Серёжу громким визгом, а он улыбается. Я, конечно, понимаю, что это только начало. Мне нужно научиться не только чувствовать руки, но и работать ими, однако то, что есть сейчас, это уже огромный шаг вперёд — ведь, получается, проклятье спало или спадает. Значит, совсем скоро я смогу делать всё сама, хоть и привыкла к тому, что Серёжа рядом.

За эти месяцы он стал для меня больше чем любимым, он стал для меня всей жизнью, потому что был моими руками. Жить без рук — сложный, необычный опыт, но меня не бросили. Близкие люди были рядом, и, возможно, именно поэтому проклятье спало так быстро. Теперь у меня впереди долгий путь, потому что проблема на данный момент не в руках, а в моей голове. И решать эту проблему надо как можно скорее. А это значит — гимнастика, массаж, через «не хочу» и «не могу». Но я, конечно, справлюсь.

Мамочка входит в спальню как раз в процессе моего одевания. Она внимательно смотрит, как Серёжа ласково помогает мне, замечая ещё и то, на что ни жених, ни я сразу не обратили внимания.

— У тебя движутся руки, доченька, — на глазах её слёзы. — Ты скоро сможешь ими владеть.

— Да, мамочка, — киваю я, следя глазами за своими руками — они действительно подёргиваются. — Я сегодня их почувствовала.

— Вот отчего ты так завизжала, что отец чаем поперхнулся, — хихикает мамочка. — Значит, после трапезы позову я лекарей, пусть работают, дармоеды.

— А чего их звать, — пожимаю я плечами. — И так всё ясно: гимнастика, массаж, витамины. Мы и сами справимся.

— Ну, может, и у них какие-то мысли будут, — заявляет мамочка, на что я опять пожимаю плечами.

Ничего нового в такой реабилитации за века не придумано, поэтому особого смысла я не вижу, но если мамочке хочется, почему бы и нет? Мало ли, вдруг тут традиция такая — лекаря звать. Навредить я себе не позволю, если что, Серёжа из лекаря бешбармак сделает, так что пусть пыжатся. Не доверяю я местным лекарям, может, сказки в этом виноваты, может, ещё по какой причине, но не доверяю.

Ладно, лекари после завтрака придут, а сейчас у нас утренние процедуры — пассивная гимнастика и массаж, потому что пока больше ничего я руками делать не могу. Надо заставить мышцы работать, на это обычно и направлена реабилитация, насколько я помню. Несмотря ни на что, опыта-то у меня как у врача совсем нет, но к местным лекарям я всё равно отношусь настороженно.

— Сейчас умоемся, — закончив с массажем, сообщает Серёжа. — Потом и поедим. Ты во время еды пытайся сопротивляться мне. Сначала ничего не выйдет, но тренироваться и приучать голову надо.

— Да, любимый, — киваю я.

Он прав — нужно приучать голову к тому, что руки есть. Для неё и так был шок, когда они отнялись, поэтому включаться будет медленно, но у меня есть Серёжа, а он меня избавит от страха, что в данном случае важнее всего. Ну и вопрос доверия, конечно. Ведь Серёже я доверяю полностью, безусловно.

— Не беспокойся, — произносит любимый, пока мы идём в трапезную. — Все средства будем испытывать сначала на лекарях, никто не будет тебя ни к чему принуждать. Ты же в вопросе разбираешься?

— Чего тут разбираться, — вздыхаю я. — Реабилитация после длительной иммобилизации. Ничего принципиально иного здесь не придумано. Пока голова не привыкнет и мышцы не сообразят, никакое колдовство ничего не сделает.

— Это понятно, — хмыкает Серёжа, усаживая меня за стол. — Вот и посмотрим, можно ли доверять местным лекарям.

— Вообще-то, в древности все врачи считались

универсалами, — припоминаю я полную едких комментариев лекцию одного профессора. — В результате излечение было, скорее, чудом.

— Ну, тут должно быть иначе, — улыбается мне любимый. — Всё-таки царская семья, тут за шарлатанство могут и секир-башка сделать.

— Это если они поймут, что шарлатанство, — резонно отвечаю я и замолкаю.

Во время еды мы болтать не приучены, поэтому Серёжа меня кормит, я пытаюсь, как он сказал, ему сопротивляться, и мы с ним полностью сосредоточены на процессе питания. Я раздумываю о том, что будет после того, как руки начнут работать нормально. С одной стороны, нужно заново учиться ходить, танцевать и тому подобное, причём и Серёже тоже, потому как он, получается, царевич теперь, а я — царевна, и статус у нас уравнивается. С другой стороны, надо укреплять руки, приводить их в форму, чтобы не быть слабой девушкой. Кроме того, хорошо бы почитать, что тут с боевыми искусствами, и... и просто окончить школу.

Интересно, смогу я жить жизнью обыкновенной царевны? Без боёв, без драйва, без тревог? Вставать каждое утро, ложиться вечером, играть, учиться? Вот теперь, задумываясь об этом, я не знаю ответа на свой вопрос. Вообще не знаю ответа, потому что не было в моей жизни такого. Был страх, был постоянный бег, была тоска, а так, чтобы всё хорошо — совсем не припомню. Интересно, каково это — просто жить?

И ещё интересно — а Серёжа умеет так? Ну, чтобы не «вечный бой, покой нам только снится», а обыкновенная жизнь? Надо будет спросить его. А пока постараюсь не злиться на лекарей заранее, потому что вдруг они с мозгами? Люди образованные, должно же у них что-то в голове быть? Вот и я думаю, что должно, хотя всё же надежда на то, что ведовство может излечить руки быстрее, конечно, не угасает. Ну а вдруг?

Врачей у нас нет. Лекари есть, врачей нет. Я это понимаю теперь очень хорошо, как и разминающий кулак Серёжа. Общение с местными лекарями происходит очень динамично. Мамочка просто сидит и улыбается, хотя сначала хотела звать палача, но мой жених сам справился. Итак, после завтрака усаживаемся мы в кресла, а согнанные отовсюду лекари и лекаришки толпятся за дверьми.

Входит толстопуз. Серёжа комментирует что-то насчёт инструктора по диетологии, я стараюсь не ржать. Пока тело вещает, не задав ни одного вопроса, касающегося анамнеза моей болезни, я молчу. Когда оно приближается, распространяя не самый приятный запах камфары

— я молчу. Когда оно хватает меня за руку, мне становится интересно.

— Это резиновое проклятье! — заявляет тело. — Надо пустить кровь царевне, тогда кожа лучше охватит мускулы!

— Серёжа, — спокойно прошу я жениха, — пусти ему кровь.

— Это я с радостью, — кивает Серёжа, доставая кинжал.

В этот самый момент мамочка и хочет позвать палача, но убегающий лекарь не знает, что от моего любимого не убежишь, поэтому продолжает путь с метательным ножом в ягодице. Мамочка провожает его взглядом и тяжело вздыхает. Тут даже говорить ничего не надо, всё и так ясно — глупый попался лекарь, с методами пятнадцатого века.

Следующий совершает другую ошибку — он говорит о том, что руки надо иммобилизовать, и тогда мышцы сами начнут напрягаться. Учитывая, как разозлился Серёжа, тоже не любящий идиотов, следующие месяца три незадачливому эскулапу будет чем заниматься. Потому что сломать кости при необходимости можно несколькими способами, и возраст тут роли не играет, а Серёженька у меня мастер.

— Может, им квалификационный экзамен устроить? — задумчиво интересуюсь я. — Кто пройдёт — будет допущен до моего высочества, а кто нет — пойдёт снег убирать в снежный сектор. Снега там много, я видела.

— Интересная мысль, — кивает мамочка. — Только кто будет проводить этот ваш «экзамен»?

— Любого человека можно подкупить, — отзывается Серёжа. — Вопросы Мила составить может, даже в тестовом варианте, но вот как сделать так, чтобы не подтасовали?

— Серёжа, ты гений! — восклицаю я. — Помнишь, мамочка о зачарованных кристаллах говорила?

— Игры выбора? — доходит и до него.

Совсем недавно мамочка рассказывала нам, как тренируется удача. Перед испытуемым кладётся камень с дырочками. Ему нужно палочкой попасть в правильную дырочку, и при удаче он получает пять золотых. Довольно распространённая игра на Руси, и смухлевать в ней нельзя, потому что речь идёт о деньгах. Значит, можно пометить дырочки и просто предложить тесты. Поставить двоих стражников, напугать опять же, и пусть следят друг за другом. А посторонние будут думать, что они тут главные, и пытаться подкупить. Эх, повеселимся!

— О чём вы говорите, дети? — интересуется мамочка.

Серёжа начинает объяснять суть тестовых заданий, и почему в нашем случае они лучше обычных экзаменов. Тут мама уточняет в отношении «обычных экзаменов», и до меня доходит — мы ничего об экзаменах от Марьи не слышали. Мы вообще об одном и том же говорим?

— Экзамен — это проверка знаний, — объясняю я, опираясь на Серёжу. — Отдельно — теоретические знания, отдельно — практические навыки, как в школе.

— Доченька, — мягко улыбается мама, — но в школе в конце только практические навыки проверяются.

— Всех практических навыков не проверишь, — качаю я головой. — Человек должен не только знать как, но и понимать почему. Разве здесь это не так?

— Нет, маленькая, — качает она головой. — Ты приходишь на экзамен и оказываешься в совмещённой реальности с задачей выжить.

— А если нет? — тихо спрашиваю я, уже понимая, что убивают тут вряд ли.

— Тогда приходишь через год, — вздыхает мамочка. — Никто не умирает, но приятного тоже мало.

— Ну, лекарей мы убивать не будем, — произношу я. — Они будут заходить в комнату, брать в руки палочку, тыкать ею в правильный вариант. Ответил неправильно — не лекарь.

Маму такой вариант заинтересовывает. Даже очень, насколько я вижу, поэтому остальных лекарей приказано не отпускать, а ко мне вызывается писарь. Теперь надо вспоминать курс медицины и формулировать вопросы — от начал до максимума того, что я помню. Но с поправкой на колдовство и ведовство. Значит, мне нужен эксперт по этому делу, который может сказать, что возможно, а что — совсем нет.

— Мамочка, а где бы взять эксперта по ведовству и колдовству? — интересуюсь я.

— Ну, на это и я сгожусь, — отвечает мне мама, усаживаясь рядом со мной.

Я киваю и начинаю диктовать, припоминая, как нам на лекциях рассказывали, ну и что на экзаменах было, конечно. Серёжа же берёт лист бумаги и, подумав, начинает что-то записывать. Я заглядываю в его лист, читаю и начинаю улыбаться. У стражи нашей тоже будет развлечение. Серёжа же из «мышек», охраной он не занимался, а как раз наоборот, поэтому точно должен разбираться.

— А потом и генералов по стратегии экзаменовать будем? — хихикаю я, заставляя Серёжу задуматься. Мысль ему откровенно нравится, я вижу. Но сначала позанимаемся своими развлечениями.

К каждому вопросу нужно четыре варианта ответов, а сами вопросы должны быть проверены временем. От лечения головной боли до реабилитации. Мамочка подтверждает — ничего не сделаешь с реабилитацией, то есть всё, как у нас — время, гимнастика... Вопросы диагностики, потому что и «острый живот» тут бывает, и пиелонефрит тоже. Хотя лечат их и без операций, но сначала-то нужно понять, что именно лечить!

Насколько я видела, основных проблем у здешних лекарей две: самомнение и непонимание. То есть отсутствие знаний — меньшая из них. Основная же — нежелание изучать новое, цепляние за «все так лечили» и тому подобное. Теперь вопрос: а не позвать ли и знахарей обоих полов? Оказывается, есть здесь и такие, но мамочка советует сначала с лекарями — что нашими, что заморскими — разобраться, а потом уже пойти дальше реформировать систему медицинского обеспечения.

— Так... А тем, кто сдаст... — я задумываюсь. — Те будут говорить лично со мной, а там посмотрим, какие они лекари.

— А кто не сдаст? — интересуется мамочка.

— По попе, — шутит Серёжа, но маме эта мысль неожиданно нравится. Поэтому решение получает силу закона.

Вот этого я не ожидала, но лучше действительно по этому месту, чем каждому верхнюю голову рубить. А так получит плетей, лишится лекарского звания с запретом заниматься лекарским делом, пока не научится, значит... Ну и потом посмотрим... По-моему, отличное решение!

Глава восемнадцатая

Докторов у нас нет... Кажется, я повторяюсь. Стоит стража, чуть поодаль палач точит топор. Нет, казнить их никто не будет, но мамочка сказала, что так надо для антуража, а папочка только посмеялся, разрешив развлекаться так, как нам нравится. Мне особо не нравится, но я бы хотела быть хоть как-то уверенной в том, кто меня щупает, потому что вырасту я, а ну как рожать соберусь? Ну так вот, врач нужен обязательно, особенно такой, который сможет меня успокоить, а не которого я потом упокою.

Итак, стоит будка. А как иначе назвать маленькую избу, в которую входит «лекарь»? Входит он туда, а там видит лишь камень с дырками, палочку и лист с вопросами. Прикладывает камень к вопросу — и текут секунды на ответ. Один неправильный ответ — и вмиг оказывается перед палачом. Всё быстро, всё чётко, ещё и палач свою работу любит. Крики того, кому не повезло, очередь отлично слышит, что добавляет им нервозности.

Серёжа кормит меня орешками, я разглядываю очередь, ну и избу, потому что одна стена у неё прозрачная. Очень интересное зрелище, кстати. Трое попытались сбежать, даже не испытывая судьбу. Нет, ну сбежали, конечно, мы ж не звери — с колдовским штампом на лбу. Штамп говорит всем заинтересованным, что перед ними самозванец, а вот самому ему он и не виден. Жестоко? Не думаю, ибо альтернатива — отрубание головы, тут так принято. Вот выучится, сдаст экзамен, и уберётся этот штампик, а отрубленную голову обратно не пришьёшь. Так что царевна Милалика — вообще образец милосердия.

— А ручки-то дрожат, — комментирует Серёжа. — А сердце так и бьётся...

— Ну, ещё бы, — хмыкаю я, прокачивая ручеёк сквозь руки. — Помассируешь?

— Помассирую, — соглашается Серёжа, разворачиваясь ко мне. — Сколько там лекарей было-то?

— Да, почитай, с сотню, — вздыхаю я сквозь зубы, ибо массаж ещё как чувствуется. — Так что две трети ещё. Кстати, не знаешь, сколько из них стражников подкупить пытались?

— Семеро пока, — отвечает мне жених. — Как договаривались, стражники деньги себе оставили, а хитрых мы до экзамена не допустили.

— Отличненько, — киваю я. — Вот сейчас ещё посмотрим и пойдём, поедим, а там и своими делами займёмся.

— Хорошая мысль, — соглашается Серёжа, которому уже скучно становится.

Мамочке очень интересно, на чём лекари срезаются, поэтому за обеденным столом она начинает меня расспрашивать. Ну, это же мамочка, поэтому я обстоятельно рассказываю. Сразу она меня не понимает, потому я ищу какую-нибудь ассоциацию, которая сможет ей объяснить необходимость знать историю болезни.

— Ну вот, есть у нас телега невезучая, — задумчиво начинаю я, пытаясь выстроить цепочку. — Раз поехала — колесо сломалось, починили, в сарай загнали, утром опять проехали совсем немного — колесо сломалось. Что это значит?

— Плотник виноват! — уверенно говорит мамочка. — Плохо починил!

— А вот и нет, — улыбаюсь я. — У самого сарая яма нехорошая, вот он свежепочиненным колесом в ямку бух — и разошлись гвозди. Понимаешь? Вот и у людей так. Живот может болеть оттого, что съел чего не того, а может — из-за почек, например. А диагностики на весь организм нет, ты сама мне показывала, и прежде, чем искать, надо понимать, что ищешь.

Мамочка задумывается. Я ем, размышляя о том, что будет, если вообще все лекари закончатся. Тогда получится, что их вообще не учили, и придётся открывать курсы обучения докторов вместо школы, а я... Я не хочу... Я детство хочу, а не «вечный бой». От этой мысли тихо всхлипываю, моментально оказавшись прижатой к Серёже.

— Что случилось, Милалика? — интересуется мамочка, даже не пытаясь уже кинуться ко мне.

— Не хочет она лекарскую школу создавать, заведовать и прочее, — объясняет мамочке всё отлично понявший Серёжа. — Моей милой детства хочется.

— И не надо, — качает головой мамочка. — Лекарей не будет — знахари найдутся, а они всяко больше знают, так что придумаем что-нибудь. Ты и так много сделала, маленькая.

— Ну а кто, если не мы... — вздыхаю я.

К вечеру, впрочем, я получаю ответ на свой вопрос. От сотни лекарей остаются трое, продравшиеся сквозь мой тест. Они не выглядят богатыми, двое очень молоды, лет по двадцать, а третий — седой старик с очень умным взглядом. Начинаю я со старика, и вот тут меня ждёт сюрприз. Он даже не приближается ко мне, зато начинает выспрашивать всю подноготную, особенно, откуда я так лекарское дело знаю.

— Значит, воин ты, царевна, — кивает он. — Ну, тогда всё понятно, приняла на себя проклятье, защищая близких, а на воинах такие проклятья долго не держатся.

— Что делать, я, в общем-то, знаю, — вздыхаю я. — И в волшебную таблетку не верю, но, может, есть способ ускорить?

— Есть, царевна, как не быть, — улыбается пожилой врач. — Травки попьёшь целебные, они тебе в крови восстановят всё, что надо. Любимый — это хорошо, но для массажа я тебе домового пришлю, он сделает лучше, ну а всё другое ты и сама знаешь.

— Спасибо, Евлампий, — улыбаюсь я. Жалко, кланяться не положено — в ноги бы поклонилась. — Мамочка! Это правильный доктор! — говорю я маме, на что она кивает.

— Значит, быть тебе, Евлампий, царёвым лекарем, — произносит мамочка, вызывая писаря.

Что характерно, старик сначала отказаться хочет, но я смотрю на него очень жалобно, и он соглашается. Двоих молодых мы определяем ему в ученики, отчего те почему-то благодарят от всей души. Мне даже интересно становится, почему так, и тогда один из молодых объясняет:

— Это же Евлампий! Он чудеса творит! Великое счастье — к нему в ученики попасть!

То есть доктор известный, а чего же он не во дворце был? Мамочку, я вижу, тоже интересует этот вопрос, поэтому у папиных советников наступают тяжёлые времена. Серёжа объясняет мамочке концепцию «отката», отчего она звереет прямо на глазах, а затем, развернувшись, куда-то уходит.

— Ирод! — слышу я мамин голос. — А ну-ка, подь сюды!

Значит, мамочка сейчас поделится с папочкой, отчего у него произойдёт естественная убыль советников. Что может быть естественней работы палача? А вот такие вещи прощать нельзя, потому что если не верить своим советникам, то зачем они вообще нужны? Советник царя — должность ответственная и очень важная, потому и оплачивается высоко. Ну а раз они рискнули неправду говорить, то кто им доктор?

Серёжа развлекается со своими. Ну, как «со своими»... Над стражей издевается. Так и сказал мне, что я со своими докторами развлеклась, теперь его очередь. А я согласна, потому что на безопасности экономят только идиоты, а мы уже на этих граблях попрыгали, и не понравилось сие совсем никому. Поэтому Серёжа проводит нашу стражу сначала через теорию, а потом и через практику.

Вот у меня руки восстановятся — помогу я ему. Будем стражу в тонусе держать, чтобы не расслаблялись. Ну и обереги всякие тоже, потому что оберег можно обмануть, и человека можно, а вот вместе их — сложно будет. Поэтому Серёжа хочет выстроить пояса обороны, что, по-моему, правильно. Мамочка у меня одна, и терять я её не собираюсь, а меня обмануть уже не так просто, я и не таких видела.

Серёжа нарисовал полосу препятствий «мышиную», пригласил плотника и колдуна, нашедшегося во дворце, и обустроил полосу в полном объёме, первым показав, как её проходить надо. Теперь его стража очень уважает.

На казнь я не пошла. Ну, казнили и казнили, ребёнку такое зрелище зачем? А я — ребёнок, потому что психика у меня адаптируется к мозгу, а мозг детский, и ничего с этим не поделаешь, да и не нужно ничего с этим делать.

Руки у меня медленно восстанавливаются, уже потихоньку зарядку сама могу. С Серёжиной помощью, но могу же! И каждый раз — это счастье просто огромное. Мне странно, что Марья нас не хватилась совсем. Может, и хватилась, но ничего не сделала, и вот это ненормально, поэтому с этим вопросом я иду к мамочке.

— Мама! — обращаюсь я к ней, отчего у неё пяльцы из рук падают. — А как происходит учёт учеников школы?

— Что ты имеешь в виду, Милалика? — интересуется мама, поняв, что вопрос у меня не праздный.

— Ну вот в школу поступают дети, правильно? — интересуюсь я. — Они все сироты, к заботе не привыкли, хотя им очень хочется.

— Школа заботится, — замечает мамочка.

— Видела я, как она заботится, — вздыхаю я, подсаживаясь поближе. — Вот мы с Серёжей высокого звания, взяли и пропали, а никто ничего...

— Действительно, — мама задумывается.

— А вдруг ещё кто пропадёт? — спрашиваю я. — Или обманут их, или ещё что? А ведь им ласка нужна, тепло!

— Что ты предлагаешь? — интересуется мамочка, вмиг становясь царицей.

— Марья говорила, что опекун назначается, — объясняю я. — Надо выяснить, как именно это делается, и что бывает, если опекуна просто нет. Что делает этот опекун? На что имеет право? Потому что, если бьют — а Марья что-то такое говорила — то...

— То могут затаить зло, — понимающе кивает мама. — А ну, кто там! — она хлопает в ладоши.

Вмиг прибежавший слуга получает приказ — пригласить к нам через час ректора школы и тех, кто учётом и воспитанием занимается. Особенно Марью. Она нам, конечно, очень помогла, но мы взрослыми на тот момент были, а вот пришли бы совершенными детьми, и было бы всё плохо. Поэтому её тоже расспросить надо, потому что что-то мне во всём этом не нравится. А когда мне не нравится, значит, ничего хорошего не будет. Примета такая.

За обедом я рассказываю Серёже суть проблемы, в которую он «врубается» буквально с ходу. Некоторое время подумав, кивает. Действительно, мы пропали, получается, с концами, а по нашему поводу ни поиска, ни запроса. При этом мы отправлялись «в пасть» царице, о которой на тот момент ходили очень неприятные слухи. Либо администрации школы всё равно — и тогда подобное может приключиться с кем угодно, либо тут что-то не то.

— Надо в школе ещё воинскую подготовку по-людски сделать, — замечает Серёжа. — Потому что озвученная подготовка защитников выглядит... хм... так себе.

— Разберёмся, — не очень по-доброму улыбается мамочка, отлично поняв, о чём мы сейчас говорили.

Ей это тоже не нравится, потому что, во-первых, об опекунах она узнала впервые от нас, почему-то не заинтересовавшись вопросом раньше, что на маму совсем не похоже, а, во-вторых, действительно — княжич и княжна пропадают с концами, а школе как будто и наплевать. Это совсем неправильно. А если бы пропали не мы, а, скажем, крестьянские дети, что было бы? Непонятно. Значит, и в школе что-то нечисто. И вот это «нечисто» мы и будем разгребать.

— Пригласить дознавателя, — приказывает слуге мамочка, на что тот кивает и убегает.

— Я сейчас, — говорит мне Серёжа, уходя затем вглубь дворца.

Если я его хорошо знаю, то он выставляет кордон, причём чередуя колдунов и стражников так, чтобы они друг другу не мешали, но и нехорошего человека не пропустили. Не доверяет, значит, Серёженька здравому смыслу школьных товарищей. Интересно, он чувствует или подстраховывается? Думаю, мы это скоро узнаем.

Подготовившись таким образом к визиту, Серёжа приводит пятерых стражников, показывая пальцем, куда им встать.

— Первый и третий, смотрим только в спину гостям — и никуда больше, — приказывает он. — Второй и пятый, ваша задача — закрыть царевну и царицу. Всё понятно?

— Так точно, Ваше Высочество! — отвечают стражники.

— А почему номера? — удивляется мамочка.

— Для идентификации, — объясняет Серёжа. — А имена они пока не заслужили. Вот как заслу-у-у-ужат...

Маму такая постановка вопроса озадачивает, но она видит, что стражи сейчас вокруг неё немного больше, чем во время аудиенции её мужа, что её, конечно, удивляет, но мама решает, по всей видимости, не мешать Серёжиной игре, а я думаю о том, что лучше быть параноиком, чем трупом. Я знаю, что Серёжа в этом со мной солидарен, ибо чего только мы с ним не повидали, а охрана высших лиц государства — дело очень важное и серьёзное. Тем более когда одно лицо очень любимое, а второе — вообще мама.

— Серёжа, ты уверен, что это необходимо? — интересуется мамочка.

— Уверен, — кивает он. — Пусть лучше поскучают, чем создавать опасность.

— Ну, раз ты так уверен... — мама пожимает плечами.

— Серёжа правильно делает, — поддерживаю я жениха. — Мало ли что, а врагов у нас хватает.

Мамочка и сама понимает, что врагов на самом деле хватает, просто по привычке думает, что во дворце на царя и его семью нападать не принято. Но среди десятка понимающих это вполне может найтись один идиот, способный устроить неприятные «танцы». А так — его стражники просто на пику насадят, и всё. Потом уже дознаватель будет разбираться — зачем пришёл, чего хотел... И это, по-моему, правильно. Мамочка привыкнет.

Глава девятнадцатая

Ректор школы — так он называется здесь — выглядит представительным мужчиной лет пятидесяти. Высокомерное выражение его лица вызывает острое желание по этому лицу стукнуть, но я держусь, разумеется. Сопровождают его две дамы с такими же отталкивающими лицами и Марья. Вот последняя, встретившись со мной взглядом, шарахается в сторону, будто желая убежать, но понимает, что просто некуда.

— Знает кошка, чьё мясо съела, — комментирует Серёжа, на что я киваю.

— Ну-ка, школьные, расскажите нам, — сейчас мама на себя не похожа, перед нами — величественная женщина в короне и царском платье. — Сколько детей в школе, как они обеспечены и какие права имеют опекуны?

— Как «какие права»? — удивляется одна из женщин. — Как везде, ребёнок — собственность опекуна.

Серёжа от неожиданности поминает соответствующую мать, я с ним согласна и уже сильно сомневаюсь, что хочу в такой школе учиться, несмотря на то что опекун нам не нужен. Атмосфера там при таком раскладе должна быть сильно так себе. Тем временем мамочка расспрашивает школьное руководство о системе наказаний и поощрений. Судя по всему, школьные в принципе удивлены, что какие-то поощрения возможны.

Я уже знаю — Марья нам тогда солгала. Варвара со своей палочной логикой и пуганием из дворца выйти не могла, да и не было никаких балов за прошедшее время. Значит, она старалась сделать так, чтобы отвадить нас от дворца. Да и реакция её сейчас о многом говорит. Возможно, не всё так просто было с тем, что с мамой и папой произошло, да и меня она, похоже, узнала. Интересно? Ещё как!

— Четвёртый! — зовёт Серёжа оставленного «про запас» стражника. — Взять!

Марья отпрыгивает назад от указующего перста — прямо в руки стражника. Миг — и нет никакой Марьи, как и не было её. Хотя я, конечно, знаю, что сейчас будет — её спустят в темницу, разденут, привяжут к Камню Истины, и всё хорошее в жизни Марьи закончится. Дознаватели всё быстро выяснят и нам расскажут, а пока я обращаю своё внимание на оставшихся представителей школы.

— Мамочка, — интересуюсь я, — а соврать не могут?

— Уже нет, — качает головой наша мама, показывая на горящий ровным синим светом камень, вделанный в потолок зала. — Это Камень Истины, он делает очень больно за ложь.

Я рассматриваю школьных администраторов. Они косятся вверх со страхом, значит, понимают, что это за камень и что он делает. Есть у меня нехорошие предчувствия по поводу того, что в школе происходит. Не зря я в таком специфическом приюте появилась, может, это намёк был? Ректор в это время старательно обходит тему девочек в своей речи, а ведь среди ведающих большинство именно женского пола, защитников на самом деле не так много. Да и есть ли они вообще? Теперь я уже не уверена.

— Значит, всё хорошо... — задумчиво говорит царица. — Ну, это мы проверим по методу Милалики. А ну-ка, расскажи мне по каждой вверенной твоим заботам девочке — кто опекун, каковы успехи, покажи отчёты расходов...

И вот тут ректору резко плохеет, как и сопровождающим его дамам. Ой, что-то это мне напоминает... Мамочка же пошла по конкретике, а умолчание Камень Истины может принять за ложь, особенно при наличии прямого вопроса. Вопрос же стоит — прямее некуда.

— Ну... Опекуны не отчитываются... — осторожно, поглядывая на камень в потолке, произносит ректор.

— Согласно уложению о школе, — сообщает ему царица, — всю ответственность за всех детей несёшь ты. Стража!

Женщины принимаются визжать на ту тему, что они не виноваты и их заставили, но мамочка уже не слушает. Время, за которое они могли честно рассказать, закончилось, и теперь работать начинают дознаватели. Вот чуяла я, что не может быть всё так волшебно в этой школе, чуяла! Что же, теперь мы узнаем, что на самом деле происходит.

— Серёжа, — зову я милого, — если я всё правильно понимаю, у нас выезд. Причём школу оцепить надо будет, а потом и по адресам отправиться.

— Зачем «потом»? — удивляется он. — Совместим приятное с полезным. Мы поедем в школу, а стражники соберут всех тех, кто не в школе, вместе с опекунами.

— Мамочка согласна? — интересуюсь я у одобрительно улыбающейся мамы.

— Мамочка согласна, — кивает мне она. — Сейчас соберёмся и поедем, посмотрим, во что школу превратили.

Что-то мне кажется странным в интонациях мамы, а ещё в том, как себя Марья повела. Могла ли она быть в сговоре с нехорошими людьми? А мамочка будто не уверена, что вообще бывала в школе, а это значит, что самой школе не так много времени. То есть создана она недавно, а не «стоит веками под солнцем Руси школа ведовства». Надо будет потом уточнить, потому что, мнится мне — школу с нуля творить придётся. С другой стороны, если речь о деньгах... Ради денег некоторые на любую подлость пойдут. Так что, боюсь, будут нам сюрпризы...

— Серёжа, — зову я жениха, — с историей надо разобраться, сдаётся мне...

— Как тот приют, — с полуслова понимает он меня. — Ничего, сейчас двинемся.

Серёжа начинает командовать, да так, что вокруг нас с мамочкой как будто батальон носится — готовится к первому выезду. Текущий начальник стражи только глазами хлопает, он такого себе, по-моему, и не представлял. Зато мой жених отлично себе представляет уровень возможных угроз и рисковать не хочет. А учитывая наши подозрения, получается, что угрозы могут быть вполне серьёзными. Эх, опять война и «покой нам только снится»!

— Смотришь, как реагируют на опекуна, — инструктирует мой жених тех, кто отправляется по адресам. — Всё записываешь: страх, поддержка, желание взять за руку. Дальше — по оберегу проверяешь отношение опекуна и тоже всё записываешь. Понял, нет?

— Всё понял, Выше Высочество! — браво отвечает старший группы.

Они его почти боготворят, потому что Серёжа каждому объяснил, куда и зачем они отправляются, что могут делать с детьми и для чего нам нужно знать точно. Стражники у нас — люди нормальные, потому звереют моментально. Ну, теперь главное, чтобы эксцессов не было. Они отправляются по адресам, а мы — на специальной карете в центре охранного поезда — в школу. С нами колдуны со специфическими оберегами, а кареты по функциям больше танки напоминают, хотя воевать нам не с кем, но свои дураки бывают похлеще заморских врагов. Именно для того, чтобы свои дураки чего лишнего не подумали, у нас такая внушительная охрана.

Школа визуально не изменилась. Мы въезжаем на территорию, вызывая удивление, хотя в некоторых окнах я вижу испуганные лица. Детские лица, что мне не нравится. Хотя после Серёжиного предположения я уже много чего ожидаю. Нам предстоит полностью проинспектировать школу, осмотреть учебные классы и поговорить с учениками, особенно ученицами. Возможно, за один день мы и не справимся, даже скорей всего, но здесь останется стража, дознаватели, поэтому вскоре будем знать реальное положение вещей.

Прямо у входа нас пытается остановить какой-то

самоубийца. Это надо же придумать — попытаться не пустить в школу царицу этих земель! Толстый мужчина в какой-то странной ливрее становится поперёк дверного прохода.

— Без ректора нельзя! — твёрдо говорит он. — Не пущу никого!

— Интересно, — мама явно опешила от такой постановки вопроса.

— Ничего интересного, — вздыхает Серёжа, обнимая меня. — Всё как всегда — года идут, дураки не переводятся. Четырнадцатый, — командует он. — Взять!

Дурака уволакивают, а мой милый только вздыхает. Да, пытаться не пустить царицу в школу, стоящую на её земле — это талант, граничащий с гениальностью. Но это и показывает нам, что в школе не всё ладно. Серёжа ещё раз вздыхает, начиная раздавать распоряжения, а я задумываюсь: он же тоже ребёнок, и ему, как и мне, хочется детства, а вместо этого мой милый защищает нас с мамочкой, потому что больше некому, получается.

— Блокировать этажи, всякое движение прекратить, — приказывает он. — Всех праздно шатающихся взрослых — в одно помещение, потом разберёмся.

— Слушаемся, Ваше Высочество! — реагирует стража, получившая адекватного командира, принимаясь затем демонстрировать, что выучка-то у них есть. Понимания доселе не было, ну да с этим Серёжа им поможет, он и не такое видел.

— Логично, — киваю я, делая вид, что опираюсь на жениха.

Руки у меня слабые, но двигаться понемногу начинают, что меня очень радует. Тем не менее демонстрировать всем, что у царевны проблема с руками, на мой взгляд, совсем неправильно, и Серёжа с этим солидарен. Он оставляет стражу, в том числе и внизу, мило улыбнувшись. Ну, это для меня его улыбка милая, а вот для окружающих — зловещая. Ну да, у него же был опыт... Не то что у меня.

— Ну, пошли, — предлагает мне жених, начиная со святая святых — столовой.

Насколько я помню, в столовой проблем не было. Только, видимо, мне плохо помнится, потому что еду сходу начинают проверять колдуны с оберегами. Просто останавливают жующих детей и проверяют оберегами. Откуда Серёжа столько колдунов взял, я и не знаю, но выглядит внушительно. Ну, у него опыт же, понятно, что он знает, где копать. И, конечно же, сюрпризы появляются сразу.

— Ваше Высочество, — обращается к Серёже колдун, в руке которого помаргивает красным оберег. — Это есть нельзя.

— Качество или?.. — лаконично интересуется жених.

— Качество тоже, — отвечает колдун стражи. — Эта пища содержит... хм... приправы.

— Понятно, — кивает Серёжа, давая понять, что с приправами мы потом разберёмся.

— Мама, эту пищу нельзя детям, — перевожу я мамочке.

— Прекратили есть! — приказывает мама, голос её моментально разносится по столовой. — Вы поедите позже, а сейчас... Повара ко мне!

— Эдак мы темницы доверху забьём, — замечаю я, кивая стражнику.

Подумав и посмотрев на толстого повара, мамочка решает, что с вопросами лучше справятся дознаватели, а мы идём дальше. Серёжа инструктирует стражника, даёт ему кошель, отчего тот сначала делает большие глаза, а потом исчезает. Мне даже спрашивать не надо, и так понятно: девочек и мальчиков надо покормить чем-то безопасным. Пока идём дальше, Серёжа объясняет мне суть «приправ», отчего мне становится не по себе. Я ожидала уже и афродизиаки, но всё оказывается грустнее — эти «приправы» просто-напросто... снижают болевой порог. Зачем это может быть нужно, я отлично понимаю. Понимает это и хмурый Серёжа, только мамочка не очень. Святая она женщина — детей не бьёт, не то что батюшка.

— Учебные классы, — задумчиво произносит Серёжа, входя в комнату, обозначенную, как «специальный учебный класс для девочек».

Он осматривает класс, с первого взгляда, не заметив

ничего странного, а мой взгляд прикипает к кадушке, стоящей в углу. Она полна до боли, до ужаса знакомых прутьев. Воспоминания детства вдруг затопляют меня волной, я будто наяву слышу этот противный свист, сразу же зажмурившись. Хочется спрятаться, усесться на корточки, прижаться к стене.

— Что такое, Мила? — с тревогой спрашивает Серёжа, сразу же замечая моё состояние. — Что случилось, милая?

А я даже ответить не могу, меня даже не страх затопляет — ужас. Я не понимаю, откуда он берётся, ведь меня сейчас точно никто бить не будет, я царевна, а мамочка защитит, но ничего не могу с собой поделать, почти теряя сознание от страха. Любимый меня быстро вытаскивает из класса, подаёт кому-то знак и усаживает на невесть откуда взявшуюся табуретку, прижимая к себе изо всех сил.

— Колдунам проверить класс! — жёстко приказывает он, а испугавшаяся за меня мамочка наклоняется и берёт меня на руки.

— Что случилось, маленькая? Что, доченька? — спрашивает она меня.

— Оч-чень стра-страшно, — заикаясь, отвечаю я. — Т-там...

— Тише, тише, — качает меня на руках мамочка, — не надо бояться, всё будет хорошо.

Серёжа ещё раз внимательно осматривает класс, пока

работают колдуны стражи со специальными оберегами. Он, наконец, замечает кадушку и хмурится. Я понимаю, отчего он так хмурится — розги никак не могли меня так напугать. Будь я даже по-настоящему десятилетней, не до такого ужаса. Значит, тут что-то не то. Стоит страху схлынуть, и я сама догадываюсь, что так не бывает. Просто не может быть такого, чтобы я мгновенно потеряла всю уверенность в себе, испытывая такой ужас, что чуть не обмочилась.

Колдун подходит к моему жениху и что-то негромко говорит ему на ухо. Серёжа кивает, поворачивается к маме, а в глазах его — ярость. Просто бешенство в глазах моего любимого. Я понимаю — он узнал нечто, за что готов просто убивать. Значит, получается, не так мы против истины и погрешили с нашими предположениями. А это, в свою очередь, заставляет посмотреть иначе на то, что с царской семьёй случилось.

— Нам необходимо срочно эвакуировать школу, — спокойно сообщает мой жених. — Дорога каждая минута.

Глава двадцатая

Мальчиков оказывается шестнадцать, а девочек — больше сотни. Такой перекос вызывает недоумение, а уж объяснения, чему учили мальчиков — и вовсе ужас. Потому что из них готовили надсмотрщиков. Конечно, обучение оказалось в самом начале, и сильно испортить детей они не успели, но всё же, всё же...

Оказывается, при дворце и гостевой дом имеется — на случай, если много гостей будет. Поэтому запуганных детей разместили в комнатах гостевого дома. То, что девочки запуганные, мне видно очень хорошо — и боятся что-то сделать не так, и на громкий голос реагируют характерно, а ведь ещё не вернулись стражники с теми, кого опекунам раздали, да и с самими опекунами...

Я организую прислугу — как дворцовую, так и из других мест — кинули клич по трактирам и гостевым домам, так что о девочках есть кому позаботиться. Мальчиками занимается стража. Будут из них людей делать.

— Школы у нас нет, — констатирует мама, находящаяся явно в крайней стадии бешенства, что все воспитатели, которые были обнаружены в школе, уже ощутили на себе. — Что делать будем?

— Мамочка, но этой школе же всего месяца три, — показываю я ей стопку листов бумаги из кабинета директора. То, что зовётся он ректором, наводит на определённые мысли. — А разве других школ не было?

— Как не было... — морщит она лоб, пытаясь что-то вспомнить, а затем просто требует к себе министра.

С министрами ещё разбираться надо будет, судя по всему, да и вообще... «Покой нам только снится» — это точно. Но мамочка права — школы у нас нет, и со всем этим делом нам нужно вдумчиво разбираться. То есть нужно проводить расследование, начиная с самого начала — как дети попадают в школу. Так как мы с Серёжей этот путь прошли, то нам проще. Итак, пока ждём остальных, можно прикинуть.

— Писарь, — приказываю я. — Пиши.

— Да, Ваше Высочество, — изображает он внимание.

— Итак, — диктую я, пока Серёжа занимается вопросами стражи, время от времени заглядывая ко мне. Трудно мне без него, страшно, можно сказать. — Перед тем, как попасть на Русь, души становятся детьми, переживая кошмары своей памяти. Вопрос: зачем это сделано, и по какому принципу определяются дети.

— Дар души, Ваше Высочество, — сообщает мне писарь. — Ведовство — это дар, привязанный к душе.

— То есть напугать, — понимаю я. — Значит, мы возвращаемся всё к тому же — основной мотив. Учитывая, что Русь от немцев всяких, за исключением Посольского Приказа, изолирована...

Немцами на Руси испокон веков иностранцев звали, вот и у меня проскакивать начинает, всё-таки влияет та речь, что я каждый день слышу. Так вот, Русь с другими колдовскими землями только в одном месте пересекается и, если причина именно та, о которой я думаю, нам ещё и Приказ переформировывать. То есть дело не только и не столько в школе. Ох, как мне это не нравится, кто бы знал... Не зря я свой путь с того детдома начала, явно не зря, как намёк теперь выглядит. Мог ли мой путь быть намёком каких-то высших сил?

Ладно, о высших силах потом подумаем. Сейчас у меня совсем другие вопросы: вот есть у нас сотня сирот, которых нужно согреть и дать уверенность в жизни — как это устроить? Это раз. Есть у нас место для школы ведуний да ворожей, но нет там никого — откуда взять учителей? Это два. А ведь нужны не только учителя, но и наставники, да ещё такие, кто не считает правильным бить ребёнка, потому что сиротам уже точно хватит.

— Милалика! — слышу я голос мамы, отправляясь на её зов.

Насколько я понимаю, розданных опекунам детей привезли. Ну, может, хоть здесь повезло?

— Да, мамочка, — обозначаю я своё присутствие, оказавшись на крыльце.

— Возьми жениха и разберись, — просит меня мамочка, на что я киваю.

Легко не будет, и это сразу заметно. Две запуганные толпы. Первая — без взрослых, вторая держится за взрослых, но взгляд обречённый. При этом я вижу десяток тех, кто действительно цепляется за взрослых, как за единственную опору в жизни. Показав на них рукой, я вопросительно смотрю на Серёжу.

— Двадцатый, — негромко зовёт стражника любимый. — Вот тех отдели и отведи в сторону, они, похоже, действительно детей любят.

— Любят, Ваше Высочество, — позволяет себе прокомментировать стражник. — Вот я вижу Степаниду, она бы всех себе забрала, а вон там Алёнка стоит, она сынишку потеряла, хворь его взяла, а тут двое возле неё.

— Значит, надо их домой отпустить, — кивает Серёжа.

— Постой, — останавливаю я его. — Позови эту Степаниду ко мне, поговорить хочу.

— Хорошо, — кивает мне жених и обращается к стражнику: — Слышал?

— Слышал, Ваше Высочество, — кивает стражник.

— А вот с остальными будем разбираться, — резюмирую я. — Так, стоящих особняком — сразу же в гостевой дом, а вот с этими... С этими поговорим по одному.

Тех, которые непонятные, но с обречёнными глазами, оказывается семь человек, хотя поначалу мне кажется, что их значительно больше. Как вести разговор в таком случае, я понимаю. Девочки навскидку постарше, лет четырнадцати — то есть о том, что сюда только десятилетними попадают, нам тоже соврали. Но четырнадцать — это уже подростки, с ними уже много чего сделать можно, и я, к сожалению, знаю, что именно.

Заводят первую такую девочку, потерянно оглядывающуюся. Серёжа заранее уговаривается со стражником, поэтому девочка нас не видит. Проверка очень простая — если с ребёнком что-то делали, то у него вырабатывается привычная реакция помимо слёз. Понятно, какая. Поэтому мы сейчас и проверим, хоть проверка довольно жестокая, на мой взгляд.

— Раздевайся! — жёстко приказывает стражник.

Девочка опускает голову, всхлипывает и начинает расстёгивать платье. При этом она это делает сверху вниз, что может говорить об очень многих вещах. Мы её не останавливаем, оглянувшийся на Серёжу стражник тоже. Я наблюдаю за движениями девочки, отлично понимая, что совсем не ошиблась. Стоит она лицом к стражнику, поэтому её тыл хорошо нам виден.

— Ложись, — отдаёт второй приказ стражник.

Девочка выполняет его приказ, и я зверею. Просто красная пелена застилает взгляд, я только тихо рычу. Меня держит в руках Серёжа, а совершенно ошалевший стражник приказывает девочке одеться.

— Опекунов — на кол! — выплёвываю я. — На кол обоих!

— Будет выполнено, — слышу я голос за спиной, вспоминая, что там тоже есть стражник, а моментально одевшаяся девочка оказывается на руках двадцатого.

— Ваше Высочество, можно я её возьму? — тихо произносит стражник. — Жена только рада будет, ведь дитё же совсем!

— Можно, — кивает Сергей. — Прикажи остальных запускать минут через десять.

Через десять, потому что я плачу. Такое могут делать только нелюди!

— Здравствуй, Степанида, — произношу я, пригласив женщину садиться.

— Здравствуйте, Ваше Высочество, — она осторожно садится за стол. — Судя по кольям, вы не знали...

— Теперь знаю, — я отлично понимаю, что она хочет сказать. — Степанида, у нас под две сотни девочек. С мальчиками-то мы решили, но девочки... Они совсем одни, сильно напуганы, а кое-кто и... Им мама нужна, каждой из них. Забота нужна, слово тёплое, понимаешь?

— Понимаю, царевна, — вздыхает Степанида. — И что?

— Стань их главной мамой, пожалуйста, — прошу я её. — Набери тех, кто не обидит, денег положи, сколько запросят, но чтобы у детей была мама.

В моих глазах — слёзы. Кому, как не бывшей сироте, знать самую главную мечту всех сирот? Степанида не отрываясь смотрит в мои глаза, а потом медленно кивает, принимая моё предложение. Мне кажется, она понимает, что говорю я не просто так.

Всех, кто так или иначе издевался над детьми, посадили на кол, хотя обычно такое не делается, но очень уж я рассвирепела. А когда царь-батюшка пришёл узнать, в честь чего у нас такие игры пошли, то семьям их тоже стало совсем не весело, ибо не знать, что те творят, они не могли... Мне не верится, вот и папа мой не поверил. Поэтому у нас теперь под две сотни разновозрастных девочек, в лучшем случае запуганных до трясучки, а в худшем — понятно что.

Школы обнаружились, аж целых три, но вот учителей там мало, хоть денег мы им из своих даже подкинули. А в ведовской школе мало преподавать простые предметы, тут ещё и ведовство знать нужно. В общем, без Яги — никак, но вот повторять путь к бабкиной избушке мне не хочется, просто до слёз не хочется, и всё. Что делать?

— О чём кручинишься, доченька? — интересуется мамочка, присаживаясь на стул рядом со мной.

Степанида, кстати, сходу боярыней стала, отчего злые языки присмирели. Или они присмирели от моего указа о том, что кто будет злобу показывать — вмиг на колу компанию злым людям составит. А кому же на кол хочется, правильно? Ну и я себя показала так, что связываться желающих нет. Ничего, мы ещё проверим, кто и как налоги платит. С колдунами каждого проверим, и вот тогда они взвоют, а пока мы детьми занимаемся, пусть сидят тихо.

— Яга нужна, — объясняю я мамочке. — Нет другого выхода, вот только повторять путь к ней не хочу, а другого выхода не вижу.

— Ну-у, раз Яга нужна-а-а, — тянет мамочка с улыбкой и хлопает в ладоши.

В тот же миг на столе перед ней подозрительно знакомое блюдце появляется. Вот она берёт в руку неведомо откуда взявшееся яблоко, кладёт его на кромку и запускает по кругу, обняв меня свободной рукой. Серёжа сейчас занимается расстановкой и тренировкой стражи, ну и заодно смотрит за тем, как допросы идут, хотя причину мы в целом поняли уже. Кстати, это будет, пожалуй, второй вопрос — на... зачем в смысле нам Посольский Приказ? Мы с ними не торгуем, общих интересов у нас нет, дружить против кого… так нет никого. И смысл держать этих дармоедов, чуть не устроивших экспорт наших сирот хрен знает куда?

— Яга, отзовись, — просит блюдце мамочка. — Дело есть!

— Давай своё дело, — хмыкает старческий голос откуда-то сбоку.

Я поворачиваю голову, чтобы увидеть знакомую уже старушку, вполне способную стать очень даже молодой, но сейчас она как раз старушка, обнаружившаяся в моей комнате. Баба Яга внимательно смотрит на нас, мамочка молчит, значит, надо мне.

— Яга, — обращаюсь я к ней, — у нас школа ведовская, значит…

— Знаю о ней, — кивает она. — Что не так?

— Да всё не так! — в сердцах отвечаю я. — И детей мучили, и не учили ничему толком, и…

— В темнице сидят, можешь полюбопытствовать, — комментирует мамочка.

— Нет уж, спасибо, — хмыкает Яга. — От меня что нужно?

— Учителя нужны, наставники, нет же ничего, — объясняю я. — А дети — сироты же сплошняком, и деть их некуда! Их согреть надо! Веру дать!

— Эк тебя, — качает Яга головой. — Ну хорошо, учителей с наставницами я вам подгоню, а вот веру дать…

И тут я предлагаю самой Яге школу возглавить и брать туда тех, кого она нужным посчитает — без разбора и притеснения. Ну, это я не сама придумала, конечно, я же не только книжки писала, я и читала тоже, но вот в одной книге у меня было что-то подобное. И я начинаю объяснять, припомнив, как оно у меня было описано. Одновременно с этим я и маме рассказываю о том, почему эта идея хорошая.

Яге, я вижу, идея нравится. Нравится она и мамочке, переглядываются они, а я уже и не знаю, как легендарную нашу уговорить. По идее, ей скучно же в лесу сидеть, поэтому на такое должна легко уговориться, но, с другой стороны, это же сколько проблем! Вот я и ищу аргументы, чтобы уговорить, хотя кажется мне, что баба Яга просто куражится, нечисть же! И вот, когда я уже чувствую усталость, она кивает.

— Договорились, — улыбается мне как-то вдруг ставшая молодой женщиной легендарная нечисть. — Тогда я займусь школой, ты о том не думай. Будем ждать тебя в положенный срок.

— Что значит «в положенный срок»? — удивляюсь я.

— Месяца через три, — объясняет мне Яга. — Как раз в себя придёшь и с делами закончишь.

Я хлопаю глазами, не в силах понять, о чём она говорит, а Яга берёт каждую мою руку в свою и оглаживает её сверху донизу. Она делает это с какой-то странной улыбкой, при этом шепчет что-то, а я вижу — будто серый порошок сыплется с моих рук на пол.

— Здоровы отныне твои руки, — сообщает мне Яга. — Справилась ты, а по делам и награда.

— Как здоровы? — не сразу доходит до меня.

А вот мамочка верит с ходу, принимаясь меня обнимать. Я тоже верю, просто доходит до меня медленно, как раз тогда, когда я её обнимаю. Руками обнимаю, как будто и не было ничего. Я поднимаю взгляд, а у двери стоит мой Серёженька и, кажется, сейчас плакать будет. Потому что чудо же... И я срываюсь с места — к нему. Обнять его, наконец, прижаться, почувствовать!

— Да, Алёна, истинная любовь — это редкость, — слышу я голос Яги. — Большая редкость, оттого хватит им уже приключений, пусть взрослые берут всё в свои руки, а они — бегают, прыгают и радуются жизни.

— Да, — соглашается мамочка. — Пора наводить порядок в нашем царстве.

— Мамочка, а мы же ещё налоги посмотреть хотели, — припоминаю я.

По-моему, они смеются, а я просто прижимаюсь к Серёже и не могу ни о чём думать. Мамочка и папочка разберутся, что это было, Яга школу в ежовые рукавицы возьмёт, а стража уже всё поняла, и они все хорошие. Значит, получается, конец приключениям?

Глава двадцать первая

— Век бы этих приключений не видеть, — сообщает мне Серёжа, пока мы топаем в темницу.

— Вот разберёмся, что и как, — отвечаю я ему, — и будем отдыхать. У тебя с фехтованием как?

— Ну, не мастер спорта... — задумчиво тянет жених. — А что?

— А давай после... — жалобно прошу я его.

Хочется мне шпагами позвенеть, вот чего-то накрыло и захотелось, значит. Хотя, понятно, чего — руки же восстановились, а зарядку мы делаем вдвоём, как привыкли. Вот и хочется мне, значит, узнать, насколько я себя сама защитить могу. Мало ли что будет в той школе, хотя я в Ягу верю, но дети — они разные. Правда, так получается, что часть мальчиков тоже с даром, только с колдовским, ну и Серёжа мой. А колдунов в царстве у нас немного, и они все мужчины, ибо у женщин этот дар не встречается.

Сейчас мы спускаемся в темницу, чтобы поставить все точки над нужными буквами. Я так и не поняла, зачем это было сделано, а Посольский Приказ у нас теперь вообще не на Руси находится. Папка, ну, царь-батюшка, этот пережиток прошлого просто уничтожил — не было от него никакой пользы, не могут такие миры, как наша Русь, с другими торговать — всё, попавшее к нам, рассыпается, кроме живых, конечно. Но рабов нам, в отличие от них, совсем не нужно, вот и закрылся наш мир на замочек. Впрочем, нам ещё в школе расскажут, чем такие миры друг от друга отличаются.

— То есть, по сути, получается, им рабыни нужны были? — интересуюсь я. — Оставим этическую проблему, но платить они чем хотели, ведь ничего материального не передашь?

— А вот сейчас и спросим, — отвечает мне Серёжа, хотя он ответ знает, я вижу.

Видимо, мой любимый хочет, чтобы я это сама услышала да выводы сделала. Значит, так себе новости, что я и сама понимаю. Вот и дверь, кстати, там уже все подготовлено для того, чтобы царевна Милалика всё услышала сама да в глаза заглянула тем, кто такое непотребство с детьми творил. И неважно, что именно они делали, потому что им доверили, а они... Твари какие-то, а не люди.

Мы заходим, усаживаемся, а перед нами... Марья. Я так и думала, что она во главе всего стояла, слишком уж уверенной была. И на каждый вопрос ответ знала такой, что нам понравиться он не мог. Правда, сейчас Марья выглядит не очень презентабельно — в одной рубашке, без волос и с ненавистью во взгляде. Очень мне интересно всё-таки, чем ей платили, поэтому вопрос я задаю.

— Силой жизни младенца, — отвечает мне женщина.

Я понимаю, что это что-то нехорошее, но вот почему оно такое дорогое, не осознаю. Зато, видимо, Серёжа этот вопрос провентилировал. Он тяжело вздыхает под моим взглядом и объясняет:

— Им передавали не золото, а фактически вечную молодость, — объясняет мне жених. — Для этого убивают младенца, творят не самые приятные вещи, ну и...

— Понятно, — киваю я. — И сколько?

— Пять, — отвечает мне Марья. — Ты должна была стать шестой, но царевной, тварь, оказалась!

— Сумасшедшая, что ли? — удивляюсь я. — Несмеяну куда дела?

— Не найдёте вы Несмеяну теперь никогда! — громко кричит эта... самка.

— То есть Несмеяна всё же была... — понимаю я. — А почему мамочка о ней не помнит?

Из бессвязных криков становится понятно, что Несмеяны как царской дочери не было. Во дворце была просто иллюзия, поддержанная детским страданием, но сама по себе такая девочка была. И замучена она была так же, как и я, а это значит, что и вернуться она может. Точно после меня, но может... Значит, надо просто проинформировать Ягу! Логично же? Ну вот, как только появится такая девочка, значит, сразу надо нас известить.

Впрочем, это дело будущего, потому что сейчас нам нужно уложить всё выясненное в голове и пойти шпагами позвенеть, мне уже надо! Серёжа, кстати, это очень хорошо понимает, поэтому, оставив разбираться с таким огромным заговором специальных людей, мы отправляемся во двор — развлекаться. Шпаги нам кузнец ещё когда сделал, а мамочка зачаровала, чтобы не поранились, поэтому сейчас мы будем развлекать стражу.

Наверное, не зря я Несмеяну вспомнила. Ребёнок, который мне тогда встретился, как-то в душу запал, что ли. Я бы от такой сестры не отказалась. Да и настрадалась она, потому что её жизнь вряд ли была простой, очень уж эти твари постарались.

— Защищайся! — выкрикиваю я, бросаясь в атаку.

— Царевна! — слышу я со спины, потому падаю, пропуская Серёжину шпагу над собой, и останавливаю бой.

— Ну что ещё случилось?! — раздражённо произношу, поворачиваясь, а там Яга с каким-то ребёнком на руках стоит.

— Несмеяну заказывала? — интересуется у меня Яга. — Вот тебе Несмеяна, — кивает она на ребёнка. — Сама вернуться она не могла уже, но мы посоветовались... Так что забирай сестру.

— Ой, что мне мама скажет... — тяну я, тем не менее улыбаясь.

— Ну что скажет, — вздыхает Серёжа, глядя на то, как я аккуратно принимаю годовалую девочку на руки. — Скажет, что другие котят подбирают, а Милалика у нас особенная.

— Я тебя потом побью, — обещаю я ему. — Пошли во дворец.

Малышке навскидку годик или около того, так что ходить она, наверное, может. Проверять это будет мамочка, заодно и руки у неё заняты будут, потому что немного страшно, конечно. Вот с такими мыслями я и иду внутрь, пока не встречаю мамочку, которая, конечно же, уже всё знает, но хочет дать мне шанс рассказать самой.

— Мамочка, подержи, пожалуйста, — передаю я ей Несмеяну. — А мы пошли.

— Кто это? — удивляется мама. Ну, деланно удивляется, потому что ребёнка на руки безропотно берёт. — И куда это вы?

— Это твоя доченька, — сообщаю я маме. — Пока зовут Несмеяной, а потом — как захочешь. А мы пошли... м-м-м... по делам.

— Ох, доча, — улыбается наша мамочка. — Всё рассказала мне уже Яга, так что не будет, как ты говоришь, «карательных мер». Пойдём, поможешь.

Маленький ребёнок — это не только большое счастье, поэтому всё случается так, как Яга сказала, — ближайшие месяца три нам точно не до школы. Не до налогов, не до игр, не до всего. Очень хочется выспаться, и чтобы Несмеяна хоть немного помолчала и не делала это самое «фр-р-р!» во время еды. Мамочка только улыбается, а я просто с ног падаю, желая ей помочь.

— Да, Яга знала заранее, — кивает Серёжа, пригибаясь от просвистевшей над головой куклы. — Ну да тоже положительный опыт.

— Зачем тебе этот опыт? — сразу же интересуюсь я и сразу же понимаю, какую глупость сказала. И вот в этот миг мне становится как-то очень тепло на душе. Хорошо, что есть Серёжа.

Стоит мне упомянуть бал, и Яга сразу же хватается за эту мысль, потому что ей опять скучно. Школа за три месяца уже работает, как часы, все ведут себя хорошо, даже учителя, которые Ягу-то побаиваются, вот и скучновато ей стало. А тут царевна Милалика возьми и пошути при легендарной нашей о балах да юнкерах. И всё — у всей школы есть занятие, у царевны, правда, тоже.

— Вопрос: а я танцевать вообще умею? — интересуюсь я у мамочки. — И Серёжа тоже.

— Ну, вальс, наверное, да... — неуверенно произносит мой жених, позволяя мне оценить масштаб проблемы. — А капоэйру не оценят.

— Ламбаду тоже не оценят, — хихикаю я, живо представив себе эту сцену. — Так что давай что-нибудь классическое, только пусть нас не батюшкины учителя учат.

— Я вас учить буду, — улыбается мамочка, видимо, вспомнив то же, что и я.

— А проблема в чём? — интересуется Серёжа.

— Батюшкины учителя очень больно бьют попу, — объясняю я ему. — А ты их за такое убьёшь, и будет у нас слишком быстрая убыль учителей.

— Убью, это да... — соглашается любимый. — Я за тебя кого хочешь...

Он у меня самый лучший, просто самый-самый! Кстати, мы себя не всегда ведём, как дети, даже, пожалуй, редко когда ведём. У меня есть эта двойственность — и вроде бы ребёнок, но знания, опыт, бой этот вечный... Ну и у Серёжи то же самое, а хочется уже и отдохнуть. Вот бы усыпить нашу память годика на три-четыре, побыть просто детьми, но я такого никогда не предложу, просто страшно на самом деле.

Ну и ещё я боюсь подобного, потому что вдруг у меня «тараканы» проснутся, и я забуду, какое чудо мой Серёжа? Так что попробуем быть просто девочкой, насколько это возможно. Я понимаю, что так себе у нас получается быть просто детьми, но... будем учиться у младшей! Мамочка её из Несмеяны переименовала, так теперь она просто Машенька. Ей очень подходит — просто вылитая!

— Дети, давайте учиться, — ласково предлагает мамочка, привлекая моё внимание.

И начинается... Ножку сюда, спинку прямо, ручку отвести в сторону... По десять часов в день мы повторяем с Серёжей одни и те же движения, чтобы довести их до автоматизма. Здесь же не только вальс, но ещё что-то, на марлезонский балет похожее, и большая куча разных танцев, включая незнакомые мне даже по названию. Но нужно учиться, потому что я царевна, то есть должна быть идеальной.

— Мамочка, — интересуюсь я. — А если бы Серёжи не было, как бы мне жениха искали?

— Ну, тут всё просто, доченька, — улыбается мамочка. — Если бы на душу никто не лёг, то Кощеюшка тебя бы «украл» и принялся бы ждать смелых, глупых и добрых.

— С Кощеем неудобно получилось, — комментирует мой любимый. — Я ж не знал...

— Опять ему смерть отбили? — хихикает мамочка.

— Значит, мы не оригинальны, — поняв, что она имеет в виду, улыбаюсь я.

— Даже не в первой сотне, — подтверждает мама, продолжая показывать нам движения.

В общем-то, получается, очень даже мудро устроено.

Если бы я никого не нашла, то меня спасать бы пришли. А там кто-нибудь да и понравился бы, давая начало новой сказке. Ну и тех, кто по расчёту, отсекли бы, так что очень мудро придумано, очень. А народу в царстве у нас полно, да и из-за некоторой сказочности оного никакое вырождение ему не угрожает, что уже очень, по-моему, хорошо.

Сначала мы учимся танцевать в повседневной одежде, а потом — в бальных нарядах. И вот тут мне хочется отменить бал, спрятаться, и чтобы не нашли, ну и другие откровенно детские желания начинают обуревать царевну Милалику, то есть меня. Потому что носить царские наряды — это страшная пытка, от которой хочется устроить истерику. Какую-нибудь погромче, с битьём посуды или с битьём морд. Но если с посудой проблем нет, то морды побить сложно, потому что просто не достану, а приказать наклониться — неспортивно. Значит, надо терпеть. Терпеть и расти, а пока сдерживать «души прекрасные порывы».

— Мамочка, а можно как-нибудь бал профилонить? — спрашиваю я.

Сначала мама интересуется незнакомым словом, потом заливисто смеётся, ну и объясняет, почему нет. Я-то и сама понимаю, почему нет, но просто сил нет никаких двигаться в этом пыточном станке, который называется бальным платьем. Кроме того, я не знаю, как отреагирую на толпу народа, потому что мне без Серёжи страшно после того испытания. Я не признаюсь, конечно, но любимый-то всё знает. Он всегда всё знает, потому что он самый лучший.

— Отдыхайте, а потом буду показывать, как на балу правильно питаться, — объявляет мамочка, вызывая у меня стон.

— Ну что ты, маленькая? — ласково произносит Серёжа, вынимая меня из платья. — Балов этих ещё видимо-невидимо будет, не надо так переживать.

— Угу, — вздыхаю я, цитируя Суворова: — Тяжело в ученье, легко в бою!

— Так точно, — улыбается он мне, укладывая на диван. — Ты как, в детство не тянет?

— Тянет, Серёженька, ещё как тянет, но... — я не договариваю, потому что осознаю — он поймёт.

— Вот и со мной так же, — вздыхает мой самый-самый. — Но мы прорвёмся. Отпляшем бал и забудем ненадолго, что мы с тобой офицеры, да?

— Да, — согласно киваю я ему.

— Да, об этом мы все не подумали, — слышу я мамин голос. — Что же делать, дети? У вас детство должно быть. Может быть, вашу взрослую память пригасить?

— Я боюсь, мамочка, — объясняю маме результат своих размышлений. — А вдруг я Серёженьку обижу, просто не вспомнив, почему он — жизнь моя?

— Это невозможно, доченька, — улыбается мне мама.

И вот тут мамочка начинает мне объяснять, почему истинная любовь не зависит от тел и «тараканов» в голове. Мы любим друг друга душами, а обручение по древнему обряду — так и вообще не оставляет выбора. Я никогда не смогу обидеть моего любимого, как и он меня, потому что мы с ним едины, а то, что я без него даже дышу через раз — это естественно и вполне обычно, поэтому нервничать не надо.

Оказывается, притушивание памяти — это не стирание её, мы всё помнить будем, просто эта память не будет лидирующей, то есть мы будем в первую очередь думать и действовать не как взрослые люди, воины, а как дети. Но это не значит, что меня опять можно будет обмануть, а Серёженьку безнаказанно обидеть. Наша прежняя память будет как бы советчиком, совсем не мешая нам быть детьми. Вот эта мысль мне очень нравится, только ведь обсудить её надо.

— Мы после бала решим, мамочка, хорошо? — спрашиваю я ту, что для меня значит так много.

— Хорошо, дети, — улыбается в ответ мамочка. — А пока встали — и учиться!

И нам приходится вставать, особенно мне, снова влезать в это пыточное приспособление, которое бальным платьем называется, и учиться быть царевной. А что делать?

Глава двадцать вторая

Бал у нас заявлен под патронажем царской семьи, поэтому возникшая было проблема мальчиков решается за счёт других школ. Денег на развитие им подкинули, за пару месяцев они смогли выйти из тени, потому мальчики будут, нам это твёрдо обещали. Ну и девочки из других школ тоже... Вот только одно дело — это всё организовывать, к чему нас с Серёжей не допустили, а совсем другое — видеть результат.

В моем воображении чего только не было — от залов, полных сверкающих кавалеров, до чего-то волшебного, а сейчас посмотрим на реальность. За это время я к пыточному станку, который моё платье, уже попривыкла и смирилась. А вчера Серёжа колдуна привёл, тот что-то сделал — и платье перестало ощущаться грузом на моих хрупких плечах. Сначала я его и побить хотела — за то, что раньше не сделал, а потом просто заобнимала. Откуда же Серёже было знать, что это возможно? Но он искал, расспрашивал и нашёл же того, кто умеет. Ведь вряд ли это так просто...

Итак, от порога дворца нас забирает карета. По традиции царица должна присутствовать обязательно, чем папочка беззастенчиво пользуется, отговариваясь государственными делами. Правда, отговориться у него не получается, потому что с мамой спорить бессмысленно. Она никогда не кричит, говорит очень мягко, спокойно, но спорить с ней совсем невозможно, поэтому папочка едет с нами.

По этому поводу вся стража взмыленная — они моего Серёжу знают, а он им смену пола пообещал, если что. Ну, любимый может, пообещать в смысле. Поэтому мы выезжаем аж на пяти каретах. Прислуга опять же, охрана, хотя основная стража уже на месте и перекрывает все возможные и невозможные подходы. Серёженька мой к безопасности относится очень внимательно, правда, тяжело ему от этого, хоть стражу он уже и выдрессировал. Не для ребёнка такой груз ответственности. Мне полегче, конечно, но тоже не очень просто, так что после бала придётся, наверное, решать.

— Как считаешь, есть смысл согласиться на предложение мамы? — интересуется у меня вдруг Серёжа, что в очередной раз доказывает — мыслим мы одинаково.

— Думаю, да, — киваю я ему, поглядывая в окно, за

которым проплывают деревья. — Хоть немного детства урвём, устала я от вечного боя, а самый простой способ снятия стресса нам пока недоступен.

— И долго ещё недоступен будет, — хмыкает любимый. — Всё-таки, мы маленькие, а мозги у нас военные, и от этого...

— От этого нас колбасит, — заканчиваю я за него.

Серёжа только кивает, соглашаясь со мной, а мы уже подъезжаем к школе. Я разглядываю её из окна кареты, как будто в первый раз. Сколько мы тут не были, месяца три? За это время школа, кажется, преобразилась, всё больше напоминая теперь общежитие бабок-ёжек на самом деле. Домики вокруг школы исчезли, как не было их, это как раз понятно почему — не может больше быть так, чтобы у пришедшего в нашу сказку никого не было. И Степанида, и Яга тщательно следят. Кстати, надо бы узнать, что там с прихожей — ну, с мирами воображаемыми, где детей запугивали, как дела обстоят.

Я тут копалась в библиотеке и вот что узнала. Новые души в сказку приходили всегда, только для этого они должны были обладать особыми качествами, причём умение колдовать или ведовство сюда не включалось, а что касается сиротства, так и вообще вопрос сложный. Вот взять, например, нас с Серёжей. В том мире, где мы обрели друг друга, он сиротой не был, но тем не менее в сказку попал. По идее, прихожая была обустроена много-много лет назад, чтобы детей приучить к мысли о новой жизни, ну и вводить в Русь централизовано. Насколько я знаю, у немцев да лягушатников принцип похожий. Ну так вот... Марья со товарищи обнаружила кристалл и при помощи полученной от Посольского Приказа жизненной силы перенастроила его так, что никто ничего не понял, устроив затем всё так, как мы с Серёжей и видели.

Чего я тогда так розог испугалась? Серёжа нашёл причину — в том классе усилители стояли, они весь испытанный в этом классе страх в десятки раз увеличивали, потому попасть туда было очень тяжёлым испытанием. Степанида недавно говорила — у половины девочек сердечко лечить пришлось, хоть это у нас в сказке делается довольно просто, но сам факт. Ну и отогревать, потому что такие страхи так просто не проходят, конечно.

Но теперь-то уже всё в порядке, за три месяца и девочек как-то отогрели, и мальчикам правила общежития объяснили... Вот и посмотрим, что мы имеем с гуся.

Из остановившейся кареты по сигналу стражника выходят папа с мамой. Они буквально сияют шитьём одежд — аж глазам больно. Величаво ступают по красной дорожке, идя в школу. Серёжа тыкает меня пальцем в бок — я загляделась на родителей и чуть не пропустила свой выход, но любимый бдит. Поэтому теперь моя очередь «с величественной грацией» выползти из кареты, чтобы медленно, под руку с любимым, одетым в традиционные одежды, проследовать за родителями.

Не знаю, как это выглядит со стороны, должно быть, красиво. Ну, на мой взгляд, по крайней мере. Не зря же меня столько времени дрессировали, хорошо хоть не как батюшкины учителя из сна, а лаской и добротой, но суть-то от этого не меняется — дрессировали же. И вот «величественной походкой» мы входим в огромный зал, полный народа. Девочки, мальчики, юноши и девушки собираются кучками, о чём-то переговариваются, а меня затопляет неизвестно откуда взявшийся страх.

Серёжа вовремя замечает непорядок и отводит меня в уголок, что-то показав стражнику. Я цепляюсь за любимого, чувствуя себя очень некомфортно. Миг — и вокруг меня образуется кордон стражи, отсекая меня от людей. Дышать становится легче и страх медленно отступает. Колдун стражи хмурится, глядя в какой-то оберег, а потом что-то говорит Серёже, только я не слышу, что именно, но мой жених явно понимает, о чём речь.

— Помнишь испытание у Яги? — интересуется любимый, на что я согласно киваю. — Не прошло оно просто так, похоже. Сейчас тебе дадут отвар, а после бала надо будет решать, потому что уже аж пищит.

— Хорошо, любимый, — соглашаюсь я с ним.

В общем-то, что именно произошло, я понимаю — я сама не даю психике восстановиться. Постоянные заботы, беспокойство, оно заставляет меня жить в напряжении, а в таких условиях ожидать, что деть во мне успокоится, не приходится. Получается, обстановка постоянного стресса, то есть совсем не сказка. И с этим надо что-то делать, иначе будет совсем плохо.

Летя в танце с моим Серёжей, я забываю обо всем. Совершенно теряюсь в этом волшебном ощущении полёта, невыразимого счастья единения с самым близким на свете человеком. Сейчас мне неважно, что я царевна и должна соответствовать, я сейчас просто девчонка, такая же, как и десятки других девчонок в этом огромном зале.

Заминку со мной мамочка заметила, но ничего не сказала, внимательно тем не менее проследив за кубком с отваром. Снадобье меня довольно быстро успокоило и совсем чуточку раскрепостило, поэтому перед девочками и мальчиками предстала не чопорная царевна, а такая же девочка, как они. И, пожалуй, именно это разрядило обстановку в зале, потому что мамочку, по-моему, слегка всё-таки опасались. Но теперь явно нет, и логика этого отношения понятна.

— Ещё тур? — интересуется Серёжа, когда музыка смолкает.

— Загонять меня решил? — спрашиваю я в ответ,

почти таща его к столу с напитками. — Нет уж, дай передохнуть, на мне и так висит больше, чем я вешу.

— Так сняли же вес? — удивляется любимый, мягко улыбаясь.

— А инерция? — сразу же объясняю я ему.

Тут я только поняла, почему Сергей привёл колдуна только в последний день — мне нужно было научиться, ибо вес-то сняли, но масса и связанная с ней инерция никуда не делись. Даже в волшебной стране без базовой физики не обойтись, что иногда грустно, конечно. Но, в общем-то, и хорошо, что так, потому что какие-то простые принципы должны работать во всех мирах, так и жить легче будет. Ну... хм... наверное.

— Привет, меня Милаликой зовут, а тебя? — сразу же принимаюсь я знакомиться.

— Привет, я Варя, — негромко отвечает мне худенькая девочка с какой-то очень мечтательной улыбкой на лице. — Спасибо тебе, царевна. Если бы не ты... — она тихо всхлипывает.

Я обнимаю Варю, принявшись расспрашивать. У неё прошлая жизнь была очень несладкой, и переход тоже не самый весёлый... Марья почему-то выбрала именно эту девочку в личные жертвы, ну и мучила её страхом так, что у Вари сердечко расстроилось. Ну да эту проблему Яга сразу решила, как и проблему Марьи, ибо та считала, что её просто на кол посадят, и всё. Но это же Яга. И потому Марья будет проходить жизнь каждого ребёнка, ею запуганного. Всё чувствовать, всё понимать, но не иметь возможности что-либо сделать. Может, и исправится, ну а нет — так нечисть наша легендарная что-нибудь ещё придумает.

На балу я знакомлюсь с девочками, даже с некоторыми мальчиками, понимая: всё мы правильно сделали, потому что у каждого ребёнка есть мама. И вот за это они благодарят, потому что Степанида и не думала скрывать, кто об этом позаботился. У каждой девочки, у каждого мальчика есть как минимум мама, а часто — и папа. И живут они в привычном им укладе, как и было заведено изначально, ещё до того, как злые люди школой завладели.

Уже после бала, когда я почти уже и не двигаюсь, Серёжа меня несёт в карету, а я пытаюсь вспомнить, как всё проходило, и не могу. Просто оказываюсь переполненной впечатлениями, ведь у меня такого никогда не было. При этом однако какая-то часть мозга оценивает слова и жесты взрослых и детей, замеченных мной на балу, мои реакции, чем удовольствие от этого события сильно смазывается. Значит...

— Серёжа, а ты меня не бросишь? — тихо спрашиваю я любимого.

— Никогда я тебя не брошу, свет мой, — отвечает он мне, погладив по голове.

И очень мне приятен этот жест, да и устала я быть взрослой и сильной. Я всё это понимаю, обдумывая по сотому разу, пока мы едем домой. Мне и страшно, и очень хочется избавиться от двойственности мышления, и... Я не знаю, что мне сделать, поэтому сейчас точно буду плакать. Или не буду... Может, истерику устроить?

— Серёжа, как думаешь, не устроить ли мне истерику? — интересуюсь я у задумчивого любимого.

— Вразнос пошла, — констатирует жених, делая какой-то жест.

И я, кажется, засыпаю. Как-то моментально это происходит, хлоп — и всё какое-то тёмное, как будто и не еду я в карете, но вот страха нет. Совсем нет страха, потому что я очень доверяю своему Серёже, и если он так сделал, значит, так правильно. Наверное, у меня действительно уже не самые приятные последствия, а учитывая, что впереди пубертат, то такими темпами и башню сорвать может.

— Просыпа-а-айся, — слышу я тихий голос любимого, ощутив его прикосновение.

— Ой! — громко сообщаю я, осматриваясь. — Ты зачем меня усыпил?

— Это не я, это мама, — открещивается Серёжа. — Побежали завтракать, а то в школу скоро.

— Не хочу-у-у-у... — ною я, тем не менее сползая с нашей кровати.

Что-то кажется мне необычным, но вот что — я в данный момент не понимаю. Только ощущение какого-то освобождения, что ли, расслабления, отчего хочется дурачиться и не хочется учиться. Мне немного от этого странно, но не так, чтобы вызывать какую-то реакцию, поэтому я просто вскакиваю, потянувшись за вещами. В ванную же надо, а то действительно в школу опоздаем, и мамочка рассердится, а я совсем-совсем не хочу мамочку сердить!

— Вот и хорошо, — улыбается Серёжа.

Он сегодня какой-то очень сильно серьёзный, но это же и хорошо, потому что кто-то из нас двоих должен быть серьёзным. Я уношусь в ванную, чтобы душ принять и ещё зубы почистить, а потом, выскочив, хватаю его за руку. Завтракать пора, и время уже, наверное...

— Всё хорошо, Милалика? — интересуется мамочка, очень внимательно разглядывая меня.

— Не хочу-у-у-у учиться! — тяну я, на что реагирует Серёжа.

— А хочу жениться, — добавляет он, и мы весело смеёмся, потому что понимаем друг друга с полуслова.

Мне вспоминаются мои размышления о том, что я могу обидеть любимого. Какая я глупая была! Как же возможно его обидеть, ведь он для меня всё-всё! Глупая я иногда, хоть и царевна. Хотя титул не означает автоматически наличие ума, скорей, наоборот. Но у меня-то означает, потому что я умная... наверное.

— Значит, всё прошло хорошо, — кивает мамочка. — Вы будете детьми, и ничто вам мешать не будет.

— Будем, — уверенно произносит Серёжа.

У меня есть ощущение, как будто я что-то забыла, но

оно быстро проходит, потому что явно ни на чём не основывается. У меня сейчас другие проблемы — расчесаться надо, доесть и — плюх в карету, потому что школа нас с Серёжей уже и заждалась. Так что нечего и думать, чего я там могла забыть. За оценки нас всё равно не лупят, да и вообще в царстве больше не лупят никого, потому что так мамочка распорядилась. Она у нас самая главная, и вообще самая-самая, вот!

Глава двадцать третья

Ц аревна Милалика, то есть я, лет шесть назад на свою голову придумала принцип тестирования, как нам об этом говорит история. Теперь этот принцип используется везде — и лекарей, значит, тестируют, и налоги проверяют, и... и экзамены в школе, которые у нас начинаются, тоже по этому принципу проходят. Как мне такое вообще в голову пришло? А может, это не я?

— Серёжа, а этот садизм точно я придумала? — отрываюсь я от книги, с тоской взглянув на улицу.

— Точно, любимая, — кивает мне жених, обнимая меня. — И, скорей всего, о себе ты не подумала.

— Да как тут подумаешь, — вздыхаю я, погружаясь обратно в науку.

Варианта смухлевать я не вижу, вопросы могут попасться любые и не факт, что не разбросанные по всему курсу. И хотя вариантов ответа всего два для каждого вопроса, но есть же ещё множественный выбор. А тут, несмотря на то что никого не лупят, всё равно страшно до ужаса. Никак я этот свой страх не поборю, хотя и нет у нас суровых наказаний, но остался он, видимо, со мной навсегда. Ладно, что у нас тут...

— Что учишь? — интересуется Серёжа.
— Круговорот душ... — вздыхаю я.
— А, ну-ну, — хмыкает он.

И я его понимаю. С одной стороны, всё просто — никто здесь не умирает насовсем. Вот мамочка и папочка — они народятся в нашей семье потом. Помнить не будут или будут — это как получится, и от чего зависит — неизвестно, а вот с другими сложнее. Пришлые души после смерти могут обратно в свои миры через Навь отправиться, а могут и здесь остаться, а те, кто здесь родились, здесь и остаются, ну, кроме казнённых на колу. Те души отправляются в миры дальние, где их и перевоспитывают, наверное. Но оттого что в сказке у нас все души остаются, убийство смысла не имеет, потому и нет их, убийств этих. Ну вот, а вся эта простота обложена научными теориями, которые на экзамене помнить надо.

На самом деле мир наш сказочный, который Русь, хорошо устроен, удобно, но и не меняется от века к веку. Тут же половина всего на колдовстве работает, вот и не нужен никому тут прогресс. Самобеглые коляски, ковры-самолёты — всё это есть, а если о полётах к звёздам задумываться, так невозможно это у нас, потому что звёзды нарисованные. Ну как нарисованные... Вот если в ступе Яги подняться высоко-высоко, то упрёшься в небесную твердь. Она — как в древних преданиях — действительно твердь, я видела изображения. То есть наш мир расположен внутри сферы, и сфера огромная, и мир тоже, но... Нет смысла пытаться добраться до звёзд. Кому нужно — тот себе звёздочку сам отколупает.

Помню, каким шоком для меня стало это известие классе в шестом. Я вся такая умная с Коперником наперевес, а меня в ступу — и на экскурсию. Вот это был удар! Хотя, с другой стороны, всё логично — мир у нас изолированный и насквозь колдовской, сказка опять же, значит, привычные законы могут и не работать. Базовые работают, а всё, что сверх — извини-подвинься. Ну да не мне возмущаться по этому поводу, у меня жизнь царская вообще, счастливая, да.

— Пошли, — зовёт меня Серёжа, навеки мой любимый. — А то опоздаем, будем, как бедные родственники, дверь подпирать.

Я бросаю взгляд на часы. Ой, действительно опоздать можем, экзамен-то вот-вот начнётся, и что там будет — неясно. Известно только, что вопросов будет тридцать на моську, и всё. И на всё на это полчаса даётся, то есть минутка всего на вопрос, даже если и есть откуда списать, то просто времени не хватит, и всё. Но мне и списать-то неоткуда, зато начинает оживать страх.

— Да, это мы не учли, — вздыхает мой любимый. — Ну, чего ты боишься?

— Без тебя остаться, — честно признаюсь я, цепляясь за его руку.

Мы всегда вместе. Совсем всегда, потому что у нас истинная любовь. Нас разлучать нельзя, и это хорошо известно, потому что истинная просто так не возникает, много терять нужно, через смерть пройти, и то не самую простую. Наверное, у нас так и было, просто я не помню. Так бывает — пригашивают память, если в детском возрасте что-то страшное случилось. Наверное, и у меня так было.

— Любимая, тебе сколько раз говорили, что разлучать нас не будут? — интересуется у меня Серёжа, на что я только вздыхаю.

Ну да, говорили, и не раз даже говорили, но мне всё равно страшно. Мамочка говорит, что время должно пройти, а Яга — что это навсегда со мной. Ну, мой страх без Серёжи остаться. У него он тоже есть, но мой любимый себя просто железно в руках держит, поэтому его, наверное, это и не касается так сильно, как меня. А я — девочка, ну вот и получается, что пока, по крайней мере, с этим всем ничего и не поделаешь. Хотя хорошо, что я девочка, потому что я — ведунья, а Серёжа — колдун, и вместе мы — грозная сила, вот!

Проходим мы по коридору третьего этажа, спускаемся по лестнице вниз, хотя ступолифт есть, но мне так хочется. Оттягиваю, значит, момент на подальше, здороваюсь с подругами, а дверь страшная всё ближе и ближе. Говорят, когда-то за этой дверью больно били по вместилищу интуиции, а потом перестали, но есть в этой комнате что-то, что пугает. Вот сейчас дверь ка-а-ак откроется...

— Царевна Милалика, царевич Сергей, — слышится из-за двери, и я немного расслабляюсь — вместе вызвали, значит, всё хорошо.

— Пойдём, родная, — предлагает мне любимый, на что я киваю, шагая вперёд.

Нам по шестнадцать, мы не несмышлёныши уже, поэтому ничего плохого случиться не может, а если вдруг — стражи в школе столько, что плюнуть некуда. Стражники почему-то жениха моего боготворят почти, а почему — мне непонятно. Ну да и неважно это сейчас — экзамен у нас. Интересно, как они обеспечат тактильный контакт?

Два стола разделены стеной, в которой окошко сделано, чтобы можно было друг к другу прикасаться, поэтому мне не страшно почти. Лежит лист с заданиями, сверху пластина камня и палочка специальная. В пластине четыре дырки, её нужно приложить к вопросу и ткнуть палочкой правильный ответ. Вроде бы всё просто... Ну-ка...

Вопросы идут от простых к сложным, нам на тренировке их показывали, но сейчас-то они полностью отличаются от тех, что на тренировке были, поэтому я сначала читаю весь лист. Пока первый раз не ткнёшь палочкой — время не идёт. Ну и ошибок можно только две сделать, а потом — всё, пересдача. Это ещё что! Вот у лекарей, по слухам, вообще ошибок делать нельзя!

Итак... «Ушные отверстия дождевого червя» — ну, это просто, даже, можно сказать, хохма, а не вопрос. Дальше — ожидаемое: строение мира, строение человека, отличие ведуний от колдунов... Неужели всё так просто? Да не может быть! Ещё раз вчитываюсь в вопросы, получается, да... Ладно, если я чего-то не поняла, у меня право на ошибку есть. Тыкаю палочкой, камень на мгновение становится зелёным — значит, всё в порядке. И вот так тридцать вопросов. Как-то слишком просто, по-моему...

«...Выскочили к ожидающим их родителям», — дописываю я и ставлю точку. Теперь остаётся только Большой Выпускной Бал описать, а там и свадьбу. Я задумываюсь, вспоминая нашу с Серёжей свадьбу. Казалось, всё царство собралось, чтобы отпраздновать. Любят нас в народе всё-таки, и не только потому, что я царевна, а Серёжа мой царевич. Просто любят... И приятно это на самом деле. И воров меньше стало, а не платить налоги — вообще немыслимо, и лекари делом занимаются, а не чушь несут...

— Любимая, ты выбери, — предлагает мне Серёжа, откладывая исписанный мной лист бумаги. — Ты или мемуары пишешь, тогда школу опиши, а то ты о ней совсем забыла, или сказку, тогда описаний больше надо.

Серёжа — мой главный критик, хоть и любит меня без памяти, как и я его. Вот и сейчас после прочтения указывает мне на очевидные недочёты — и, главное, он всегда прав оказывается! Я поначалу даже обижалась, но муж объяснил — лучше я это услышу от него, чем другие будут рожи кривить. И я согласилась с ним. Действительно лучше, потому что за кривляние рожи в сторону царевны и побить могут. И не только любимый.

Он прав, конечно, потому что писатель из меня так себе, но говорить это при Серёже нельзя — он за это отшлёпать обещал, а любимый такой — он сделает, если обещал. А этого самого дела я на всю жизнь наелась, поэтому лучше помолчу, умней, опять же, казаться буду.

Нам сейчас по двадцать лет, вся жизнь впереди, но вот оглядываясь на прожитое, я понимаю — всё странно было в той, первой жизни, как будто ненастоящее или тоже кем-то написанное. Ведь всё могло быть иначе, но сложилось именно так, кто знает... Может, и моя жизнь — это плод чьей-то фантазии. Нет, не буду об этом думать, а то психиатров у нас нет. Психов почему-то тоже, и первой быть я не желаю.

— Любимая, ты помнишь, что у нас аудиенцию сегодня испросили? — интересуется Серёжа.

— Мутные те? — припоминаю я, вздохнув. — Помню, конечно. Они через час же?

— А одеться? — спрашивает меня муж.

И опять он прав. Аудиенция официальная, надо быть в церемониальном наряде. Тридцать кило платья и побрякушек, если говорить простым языком. Не аудиенция, а марш-бросок в полной выкладке. Это я ною, потому что не люблю всё это на себя надевать, хотя Серёжино колдовство, конечно, жизнь здорово облегчает. Вот и сейчас улыбающийся муж будет облегчать жизнь своей очень любимой жены, чтобы она не плакала, таская на себе церемониальный наряд. А ничего не поделаешь — этикет, он другого не предполагает. Но именно поэтому к визитёрам я уже сложно отношусь.

Одна юбка, вторая, третья.... Как мне это всё не нравится, но я — царевна, работа такая на всю жизнь, значит. Батюшка с мамочкой в большом зале люд всякий принимают, а мы с Серёжей — в малом. Вот и посмотрим, кто это такой умный — аудиенцию испрашивать, от дел нас отвлекать и в это вот всё одеваться заставлять.

Правда, дела наши состоят именно в том, чтобы людей слушать и чужие проблемы решать, ну да это работа такая, и ничего с ней не поделаешь. Ладно, нужно двигаться в малый тронный зал, где царевна Милалика да царевич Сергей изволят принять очередных просителей. Я встаю и, опираясь на руку Серёжи, степенно делаю двадцать шагов до точки назначения.

Малый трон ждёт меня, как и Серёжу, кстати, поэтому мы в него грациозно опускаемся. Ну я при помощи Серёжи, конечно, железа драгоценного на мне — видимо-невидимо. Вот уселась, и теперь можно подать сигнал к началу аудиенции. Любопытно, конечно, с чем пришли, сейчас и узнаем.

Двери открываются, входит старик в каком-то странном наряде, а с ним девушка в платье, будто сияющем блёстками. Оберег под рукой Серёжи подаёт какой-то сигнал, отчего стража, стоящая вдоль стен, напрягается. Я приглядываюсь к старику — на нём что-то, напоминающее камзол и штаны, всё глубокого чёрного цвета, в котором как будто сверкают дальние звёзды. Явно колдовское платье, но Серёжа напрягся точно не поэтому.

— Они извне, — лаконично объясняет мне муж, и тут уже настораживаюсь я.

Извне — значит, не из этого мира, но грань могут пройти только дети, таково правило сказочного мира. То есть или они знают проход, который нужно срочно закрыть, или здесь совсем что-то не так. Например, они могут быть могущественными колдунами, и тогда у нас проблема. Приключений, впрочем, не хочется.

— Добрый день, Ваши Высочества, — здоровается старик. — Не надо беспокоиться, мы не присутствуем здесь физически, а потому вам не опасны.

Я смотрю на Серёжу, муж удивлён, но подтверждающе кивает, что позволяет мне расслабиться. Если они физически не здесь, то не опасны, так Яга говорила, а она точно в этом разбирается. Но раз извне пришли в виде иллюзий, значит, им что-то действительно надо. Что же?

— Царевна Милалика и царевич Сергей обладают особым даром, — объясняет старик. — Мы представляем Снакадемию и хотели бы пригласить вас на учёбу.

— Теперь медленно, — прошу я его. — Как вас зовут, что это за академия и что за дар?

— Меня зовут Ригер, я — Зовущий, — совершенно непонятно объясняет он. — Это Лиа, она — Сопровождающая, — он произносит эти слова так, что понятно — это не просто названия. Послушаем.

— Хорошо, Ригер, от нас что нужно? — интересуется Сергей.

— Дар посещать другие миры в своих снах очень редок, — начинает говорить этот Ригер. — Поэтому мы находим в мирах владеющих им, чтобы пригласить к нам. Вам не нужно будет никуда уходить, ведь обучение происходит во сне.

Старик, представившийся Ригером, рассказывает и показывает на неизвестно откуда взявшемся шаре структуру миров и самой Академии, а я раздумываю. Именно на тему, надо ли оно нам. С одной стороны, всё выглядит очень «сладко» — идти никуда не надо, наши тела в безопасности, путешествует только разум... Но что будет, если разум там убьют? Вот это непонятно.

— Мы должны обдумать ваше предложение, — берёт

Серёжа переговоры в свои руки. — Давайте уговоримся встретиться через две недели, чтобы обсудить ещё раз.

— Это очень разумно, — кивает ему Ригер, после чего гости просто исчезают, как будто и не было их.

— И что это было? — интересуюсь я.

— Пойдём, с родителями поговорим, а потом и с Ягой, — предлагает мне Серёжа. — Нужно выяснить всю подноготную.

Тут я с ним полностью согласна. С одной стороны, живём мы скучновато, с другой однако — безопасно. Рисковать я больше не хочу, мне хватило, любимый на риск не согласится никогда, но выглядит это предложение безопасно. Вопрос в том, что родители и Яга скажут.

Возможно, мы согласимся на это предложение, возможно, и нет, но одно я знаю точно — мы будем счастливы. В моей жизни было довольно и боли, и слёз, да и в Серёжиной тоже, мы обрели родителей и свой мир. Мы живём в сказке, кто же не мечтает об этом? Так что, если даже и не примем мы это интересное предложение, то всё равно ничего не теряем. Ну, по-моему...

А ещё Машенька. Ну, которая бывшая Несмеяна. Подросла, расцвела, глазки у неё сияют, учится она отлично, подружек — видимо-невидимо. Я-то не сразу к себе людей подпускать начала, страшно мне было, а ей — нет. Вот и сегодня куда-то с подружками унеслась — эксперимент у них в школе. Я за неё спокойна, да и мама тоже — стража бдит, спасибо Серёже. Волшебная она у нас на самом деле, хорошо, что её Яга нашла. И мамочка не нарадуется... И папочка, который нас всех очень любит, тоже. Хорошая жизнь у нас. Счастливая. Просто воплощённая мечта маленькой Милены из далёкого прошлого. Сказка.

— Пошли к родителям, — предлагает мне Серёжа, отвлекая от мыслей. Я киваю и, подав ему руку, быстрым шагом иду к самым близким людям на земле.

Что же, приключения продолжаются?

Содержание

Глава первая	1
Глава вторая	13
Глава третья	25
Глава четвёртая	37
Глава пятая	49
Глава шестая	61
Глава седьмая	73
Глава восьмая	85
Глава девятая	97
Глава десятая	109
Глава одиннадцатая	121
Глава двенадцатая	133
Глава тринадцатая	145
Глава четырнадцатая	157
Глава пятнадцатая	169
Глава шестнадцатая	181
Глава семнадцатая	193
Глава восемнадцатая	205
Глава девятнадцатая	217
Глава двадцатая	229
Глава двадцать первая	241
Глава двадцать вторая	253
Глава двадцать третья	265

www.ingramcontent.com/pod-product-compliance
Lightning Source LLC
LaVergne TN
LVHW021331080526
838202LV00003B/131